小学館文庫

火の神さまの掃除人ですが、いつの間にか花嫁として溺愛されています

浅木伊都

小学館

目次

一章　華燭の典と隻眼の神

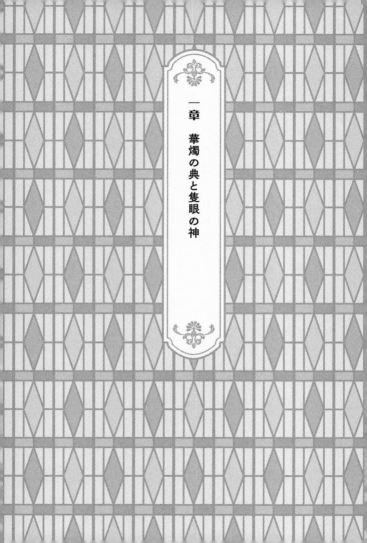

枝垂《しだ》れ桜《ざくら》の模様が入った振袖が、乱暴に床に打ち捨てられた。

「気に入らないわ。もっと大人っぽい着物が良いの」

不満げにぼやくのは、石戸《いしど》家の娘、桜《さくら》だ。彼女の衣装部屋には、既にたくさんの振袖が床に脱ぎ捨てられていて、目もあやな眺めである。

桜は先程から、手当たり次第に衣装をまとっては、それを床に払い落とすことを繰り返していた。傍らに控える小柄な少女に向かって、神経質に命じる。

「あれを出して。黒麻に、御簾藤《みすふじ》の模様が入っている着物よ。わかるでしょ」

「かしこまりました、桜様」

少女は——石戸小夜《さよ》は静かに立ち上がると、衣装部屋にいく棹《さお》も並んだ簞笥《たんす》の中、迷いなく一つの引き出しを開けた。

たとう紙に包まれたそれは、桜が求めていた柄に相違なく、御簾と藤の模様が大人びた振袖だった。これに袴《はかま》を合わせ、洋靴を履く時もあったが、今日は普通の着こなしで行くようだった。

桜は満足げに頷《うなず》くと、小夜が着つけるのを鏡越しに眺めていた。

鏡に映る小夜は、地味な小雀色《こすずめいろ》の小袖をまとっており、衣装の豪華さで言えば桜に敵《かな》うべくもない。

けれど、小夜の容姿は桜に負けず劣らず美しかった。

烏《からす》の濡《ぬ》れ羽色《ばいろ》とも称される美しい黒髪に、黒目がちの大きな瞳。華奢《きやしゃ》な顔の造作のなかで、ふっくらとした赤い唇が際立つ。

出《い》で立《た》ちこそ地味ではあるものの、蓮《はす》の花を思わせる上品な顔立ちには、自然と目が吸い寄せられてしまうのだった。

桜は小夜から目を引きはがし、帯の具合を鏡で確認する。

「良いわね。帯締めはどうしようかしら」

小夜が桐箱《きりばこ》をすっと差し出す。

赤系統の帯締めがまとめて入っているその桐箱から、桜が選び出したのは、濃い緋《ひ》色《いろ》の逸品だった。

それを締めて着つけは完成だ。桜は全身を鏡で眺めてから、満足したように頷いた。

「それじゃ、私は学校に行くから。明日もこれほど着替えに時間をかけたら承知しないわよ、小夜」

自分が着ていく着物を決められなかったせいで時間がかかったのに、その責任をいとも簡単に小夜に押し付ける。

小夜は慌てて頭を下げた。反論は自分の首を絞めるだけだ。

「も、申し訳ございません」

「誰のおかげでこの家に置いてもらえてるのか分かっているのかしら。私とお母様が慈悲深いから、あんたはこの石戸家にいられるの。もう忘れてしまった？」

声こそ鈴の音のように美しいけれど、紡がれる言葉は蛭《ひる》のように邪悪だ。

小夜は震えながら更に頭を垂《こうべ》れる。

「勿論《もちろん》、忘れてなどおりません。お義母様《かあさま》と桜様のおかげで、私はこうして衣食住に困らぬ生活を送ることが出来ているのですから」

「そう。分かっているならいいわ」

学校へ行くために部屋を出て行った桜を見送り、小夜は衣装部屋をぐるりと見回す。

決して狭くはないその部屋は、桜が脱ぎ捨てた振袖で足の踏み場もない。

けれど、小夜は嬉《うれ》しかった。

「久しぶりにお母様の振袖を見たわ。枝垂れ桜の振袖は確か、お父様から贈られたものだったのよね」

刺繡《ししゅう》と箔《はく》の手触りを楽しむかのように撫《な》でながら、豪奢《ごうしゃ》な柄をうっとりと見つめる。

桜に着付けをする時でなければ、小夜は母親の形見である振袖に触れることもできない。

けれど長く時間をかけると、これからの仕事に障る。何しろこれから、広い屋敷の掃除と炊事が待っているのだから。

小夜は丁寧に、けれど素早く振袖を片づけ終えた。

帯締めの桐箱に蓋をしながら、先程桜に着付けた、濃い緋色の帯締めを思い出す。

あの時、箱の中で一番選ばれたがっていたのは、別の帯締めだった。

「あの黒麻なら、緋色よりも錆朱《さびしゅ》の方が合うような気もしたけれど。桜様のお見立てが優先だものね」

なだめるように言った相手は、あの振袖と帯に着付けられたがっていた、錆朱色の帯締めだ。

その帯締めは、桜の発した怒りの気にあてられて、少しくすんでしまっていた。

玉を磨くように、優しさをこめて、その帯締めを撫でてやる。

「ごめんなさいね。どうかご機嫌を直して。あなたほど存在感のある帯締めなら、またきっと出番があるわ」

すると、錆朱色の帯締めは落ち着き、本来の渋い色味を取り戻すのだった。

——物の声が聞こえると気づいたのは、小夜が五歳の頃だった。

声と言っても、人間のように明確に言葉を発するわけではない。

ただ、物の方から「どうありたいか」「どうされたいか」を伝えてくるのだ。

もっと風通しの良い場所にいたいのか、どんな風に飾られたいのか。

小夜は彼らの言葉にならない希望を聞き取る術《すべ》に長《た》けていた。ささやかな声さえも聞き逃さないこの繊細な力を、巫《かんなぎ》や神々は「蝶《ちょう》の耳《みみ》」と呼んでいた。

小夜の着付けは他の誰よりも体にしっくりくる上に、色と生地の組み合わせが洒落《しゃれ》ている。作る料理は素材の味が際立った品の良いもので、掃除をさせれば埃《ほこり》一つ残さない。


けれど所詮は蝶の耳。そんなちっぽけな力には、何の意味もない。

石戸家は、代々神に仕える巫という務めを果たしてきた、由緒正しい家だ。巫は大抵、異能と呼ばれる力を有している。神に近しい、けれど神のそれとは異なる、人間のみに許された力。

巫はその異能を用いて、神をもてなし、あるいは慰め、もしくは喜ばせ、彼らの力を借りるのだ。

小夜の母が亡くなって後、後妻としてやってきた義母も、その連れ子である桜も、他の巫に比べて際立った異能を持っていた。

特に桜は、水を操ることができた。彼女が清らかな水を操りながら舞う姿は、石戸家を守護する水の神を大いに喜ばせ、かの神を繋《つな》ぎ止めていた。恵みの雨を自在に操り、水害を防ぐ石戸家の水の神に、近くの農民たちは多くの謝礼を払っている。

それに比べて、小夜ときたら。

蝶の耳を持っている程度で、異能と呼べるほどの力はなく、神を喜ばせられない。目端が利くわけでも、愛嬌《あいきょう》があるわけでもない。幼い頃から蔵にこもり、掃除や手入れをして喜んでいる子供だった。

そしてそれは、今も同じ。

小夜は衣装部屋をぐるりと見回す。

衣装は勿論、床には埃一つなく、鏡はすっきりと磨き上げられている。きちんと手入れされた衣装が、それぞれの居場所に収まり満足している。

それを見届けた小夜は頷いて部屋を出た。

小夜は十六歳になった。母を亡くしてもう八年が経《た》つ。

その間に巫の教育を受けたり、縁談を持ち込まれたりすることもなく、義母が来てからずっと、石戸家の使用人として働き続けている。

石戸家の主《あるじ》である父親は何も言わない。

小夜には異能らしい異能がないのだから、使用人として置いておくだけでも感謝してほしいと遠い昔に言われて、それきりだ。それだって父親の口から聞いたのか、覚えていない。

けれど、実際ありがたい境遇なのだと小夜は思っている。

たとえ、一日に一食しか与えられなくても、たとえ、桜が得意げに見せびらかす教科書の文字が少ししか読めなくても、使用人部屋に押し込まれていたとしても。

小夜は、少しの寂しさを覚えつつ、それでも自分の恵まれた状況に感謝していた。

石戸家で最も貴重な神具である水器を破壊した、という濡《ぬ》れ衣《ぎぬ》を着せられるまでは。


部屋は怒りの空気に満ちている。

小夜の父と義理の母、そして義理の姉は、まるで小夜が咎人《とがびと》であるかのように扱った。

家族であるはずの人たちから侮蔑の眼差《まなざ》しを注がれ、怯《ひる》みながらも、小夜は必死に訴えた。

「その水器を割ったのは私ではありません……！」

「事実、この水器は割れている。水の神――霧生《きりゅう》どのから賜った大切な水器だぞ！我が家で最も貴重な神具だとお前も分かっているだろう！」

小夜の父親はまなじりを吊《つ》り上げて、目の前の翡翠色《ひすいいろ》の器を指し示す。

水器とは、神事の際に使用される神具であり、脚のついた盃《さかずき》に小さな蓋のついたものである。神気と呼ばれる神の力を纏《まと》ったそれに、巫が水を注ぎ入れて神に差し出すことで、神をもてなし、弥栄《いやさか》を願うために使われる。

陶器製のそれは、神気を受けると内側から金剛石の如《ごと》き高貴な光を放つ。神具としても、芸術品としても、一級の品だった。

それが今や、真っ二つに割れてしまっていた。

無残にも真ん中から砕けてしまったそれは、石戸家の蔵に入った桜が初めに見つけたものだった。

桜は、嘲りの色を浮かべて小夜を睨《にら》み付けた。

「お前がやったに決まっているわ。あの蔵に出入りするのはお前しかいないもの」

「確かにそうですが、あの蔵には他の神具も置いてあります。儀式に使用する神具を取りに、他の誰かが出入りすることもあるのではないでしょうか……！」

「他の誰かって……。蔵に出入りして、神具を取るのは私かお母様くらいのものよ？まさかお前、私やお母様を疑う気？」

「ち、違います！」

小夜は必死に否定する。水器を割ったのは断じて自分ではない。

もし仮に自分が割ってしまったとしたら、正直に申し出るはずだ。それが水の神から直々に賜ったものであると知っている小夜が、割れた神具を放置するはずがない。

そう訴えるものの、小夜の言葉は彼らの耳に入っていないようだった。

今まで黙って小夜を睨み付けていた義理の母が、静かなため息をついた。

「──卑しいこと」

完璧に紅の引かれた唇から放たれた冷たい言葉が、小夜の心を射貫く。

「己の罪を潔く認めるのならばいざ知らず、血の繋がった親に問い詰められてなお、見苦しい嘘《うそ》をつくなんて。本当に卑しい子だわ」

「違います、お義母様、本当に私がやったことではないのです」

「母と呼ぶのはお止《や》めなさい。卑しくも石戸家に連なる人間ならば、たとえ異能がなかったとしても、巫の家に相応《ふさわ》しい振る舞いをするものです。なのに嘘をつくなど、恥知らずにも程があります。ねえ、そうでしょう、旦那様」

義母に水を向けられた父親は、重々しい口調で言った。

「ああ。石戸家の名に値しない、恥ずべき行動だ」

その瞬間、小夜は胸に穴が開いたような絶望を覚えた。

思えばずっと、そうだった。

小夜は父が好きだ。今ではあまり小夜と口を利いてくれないが、母が生きていた頃は、小夜によく自分の水を凍らせる異能を見せてくれたものだ。

義母や義姉も、小夜にきつく当たるところは苦手だけれど、巫としての優れた異能を尊敬している。

石戸家を背負って立つ彼らは立派で、神と渡り合う様は凜々《りり》しくて、だから彼らのようになりたいと思った。

けれど小夜には異能がない。だからせめて、物の声が聞こえるという異能ですらない微力で、この家を陰から支えることができればと、そう願っていた。

だが、その願いは届かなかった。石戸家の名に値しないと、石戸家の当主からついに告げられてしまったのだ。

小夜は自分がずっと拳を握り締めていたことに気づいた。その拳をそっとほどくと、体から力が抜けて、自然と畳の上に伏す形になる。

流れるように頭を垂れ、消え入るような声で呟《つぶや》いた。

「……申し訳ございませんでした」

やってもいない罪を認めると、少しだけ部屋の空気が軽くなった。

小夜は自分の拳に握り締めていたものが、自分も石戸家の人間である、というちっぽけな誇りであったことを悟る。自分が手放した誇り、その喪失感に喉の奥が詰まるような心地がした。

桜は長いため息をつく。

「お前がさっさと認めないから、余計な時間を取られたわ。今日は伯爵家の佐野《さの》様とお茶に出かける予定なのに」

「急ぎなさい、桜。着付けは別の者に任せるように。明日からはもう小夜はお前の世話をしなくなるから」

「それって……ああ。そういうこと」

にたりと笑った桜は、上機嫌な様子で立ち上がる。

「それじゃあさよなら、愚かな小夜」

桜が部屋を出ていくのを見届け、義母は静かに告げた。

「神々からお預かりしている水器を破損し、さらにはそれを隠した挙句、自分がやったのではないと嘘をついた。その罪が重いことは分かっていますね」

「……」

「ゆえに、お前を石戸家から追放します。三千夜《さんぜんよ》の最果《さいは》てに住む、猩々《しょうじょう》どもにお前の処遇を任せるわ」

信じ難い言葉に小夜ははっと顔を上げた。義母が面白そうにこちらを眺めているから、きっと自分は酷《ひど》い顔をしているのだろうと思う。

「だが、それは」

初めて父親が焦りを見せる。

三千夜の猩々に処遇を任せる。それは小夜を、人として扱わないことを意味した。

「猩々に引き渡すのは、あまりにも酷ではないだろうか」

「酷？　どこが酷だというのでしょう、旦那様。罪の重さは、猩々たちの裁定に委ねうるものです」

「だが……！　猩々たちに処遇を任せるということは、得体も知れぬ、名も定かではない神々に、小夜を差し出すということだ！　仮にも石戸家の人間を差し出すなど」

「では石戸家の人間でないことにすれば良いのです」

あっさりと言い放った義母は、艶冶《えんや》な微笑《ほほえ》みを浮かべる。

「勘当、なさいませ」

「は……？」

「石戸家の人間でないことにすれば醜聞も防げましょう。社交界に出しているのは桜だけですし、元々小夜の存在は外にもあまり知られておりませんでしたでしょう」

「――そうだな。確かにお前の言う通りだ」

小夜は石戸家の名に値せず、だから十六年名乗り続けてきた苗字《みようじ》をあっさりと奪われた。それは今まで乗っていた船から、大海に放り出されるような感覚だった。

この広い帝都の中で、自分はたった一人なのだという暗い諦念が、小夜の心ににじわりと冷たく滲《にじ》んだ。

これから訪れる猩々は、自分にどんな裁定を下すのだろう。

猩々は人間と神の混ざり物、あるいは神のなり損ないを指す。その身はあやかしや物《もの》の怪《け》とは共存できず、人の世にも神の世にも馴染《なじ》まず、ゆえに彼らのみが集う独特な空間を築いている。

それが三千夜の最果てと呼ばれる異界《いかい》だ。何者でもない存在が身を寄せ合う場所。彼らは確かに中途半端な存在で、人、神、あやかしの世界に馴染まない。その代わりに、どこの世界にも顔を出すことができる。その身の軽さを利用し、彼らは様々なものを仲介する商人となったという。

やがて一刻程が経ち、石戸家の裏門前に赤い雷が短く瞬いた。それは猩々の先触れのようで、小夜の父親は微《かす》かに頷くと、懐の中で印を切って結界を微かに緩めた。

と、赤い雷が瞬く間に膨れ上がり、花火のように軽く弾《はじ》けたかと思うと、目の前に目の覚めるような赤毛の青年が現れた。

スタンドカラーのシャツに、濃紺の袴を合わせた書生風の出で立ちで、首には錫色《すずいろ》の襟巻を巻いていた。猩々らしいところと言えば、その赤毛と紅玉の如き目くらいで、他は普通の人間と変わらない。

鬼のような生き物を想像していた小夜は、少し拍子抜けする。けれどこれはあくまで人間に見せる、かりそめの顔なのかもしれない。

小夜の恐れに反して、その猩々は軽やかな挨拶をした。

「お呼び頂き有難う存じます。猩々の鳴海《なるみ》と申します、以後お見知りおきを。さて、人間をお一人裁定されたいとか」

「ああ。この娘だ」

父親は小夜の肩を強く摑《つか》み、乱暴に差し出した。

身の回りの物を小さな風呂敷にまとめただけの小夜は、ただじっと地面を見つめることしかできなかった。

鳴海は指先で小夜の顎をつまみ、上を向かせる。

視線を合わせたら酷いことをされそうで、小夜は唇を引き結んで、猩々の背後の空ばかり見つめていた。

「これは……。美しい目をしておいでだ。巫の系譜に連なるお嬢さんでしょうか？」

「いや。ただの使用人だ。今までうちで下働きをさせていたのだが、水器を壊した」

「壊した？　それは粗忽者《そこつもの》ですねえ。——そのようには見えないが」

父親には聞こえぬように呟いた鳴海は、にっこり笑って、小夜の手をそっと摑んだ。

「いや、確かに彼女はこの鳴海めがお預かり致します。しかし本当にどの神にお預けしても構わないので？」

「ああ。好きにしろ」

「なるほど！　ではお代はこの通り」

鳴海は懐から緋色の小袋を摘《つま》み上げると、父親に向かってさっと放った。

父親はその中身を改め、渋い顔で頷いた。

小夜はそれをぼんやり眺めていた。あの顔を見るに、大した値はつかなかったのだろう。元より高値がつくとは思ってもいなかったが。

猩々に引き渡すということは、その人間を売り渡すということである。

猩々は、神や人、物の怪の世界を行き来して商売を行っている。そして、商売であるからには無論、価値のあるものが取引される。

神々にとって最も価値がある存在は、人間そのものだ。食べても良いし、拝ませても良いし、無聊《ぶりょう》を慰めるために使っても良い。捨てる所のない素晴らしい存在。

だから猩々の下には、人間を仲介して欲しいという神々の依頼が押し寄せる。猩々たちはその要望に応え、様々な人間に格付けをし、神々の依頼に応じて引き渡すのだ。

商売人である彼らは目利きだ。だから商品である人間を詳細に裁定する術を持ち合わせている。それは時折、人間の罪を裁くためにも使われた。

「それではお客様、ごきげんよう！　また是非御贔屓《ごひいき》に！」

そう言って鳴海は、小夜の肩をそっと抱くと、来た時と同じように赤い雷を呼び出した。身の丈の倍ほどもある赤い稲光は、太い柱のようにそびえ立っている。

鳴海は小夜を連れてその中に飛び込んだ。

その瞬間、小夜の前の景色がぐにゃりと歪《ゆが》む。

「力を抜いて。これより我らが本拠地、三千夜の最果てに参ります」

言い終えるより早く、小夜と鳴海はとある屋敷の中に降り立っていた。

甘い香りのする風が吹き抜け、小夜の後《おく》れ毛を微かに揺らす。

「ここは猩々たちの屋敷です。要するに仕事場ですね。寝殿造りというのでしょうか、庭の美しさと風通しの良さだけが取り柄です」

真新しい板床が張られ、濡《ぬ》れ縁《えん》がぐるりと屋敷を囲むように張り出ている。柱のみで壁はほとんどなく、全てが開け放たれた空間に、梅の良い香りが漂っている。

鳴海は濡れ縁から庭の紅梅を見せてくれる。遠くには靄《もや》がかかっており、この屋敷がどこにあるのか分からなかったが、梅の香りと咲き誇る花々は美しかった。

調度品は多種多様だ。古めかしい御簾や燭台《しょくだい》、几帳《きちょう》のようなものもあれば、洋燈や舶来の書き物机のように最新の物もある。地は銀鼠色《ぎんねずいろ》や金茶色、黒紅といった抑えた色味なのだが、差し色に猩々の好む緋色が多く使われており、豪奢な印象を受ける。

三千夜の最果てとは、もっと恐ろしい所だと思っていた小夜は、不思議そうに辺りを見回した。鳴海の姿といい、この屋敷といい、想像よりも洗練されている。

「時は金なりと申しまして。早速ですが、裁定を行わせて頂きます。あなたの命運を占う大事な一瞬ですよ」

「裁定……。それはどうやって行うのでしょうか」

「お姿を観察させて頂くだけです。商品に疵《きず》をつけるようなことは致しませんよ！」

確かに、猩々たちが優れた商人である以上、せっかく買い取った商品の小夜を、いたずらに傷つけることはしないだろう。

それでも小夜は不安を覚えて身を小さくした。裁定で良い評価が出るとも思えなかったし、良い評価のつかない自分を、猩々たちがどう扱うか分からなかった。

鳴海がぱちんと指を鳴らすと、御簾の陰からたくさんの女性が現れた。皆美しい赤毛の持ち主で、猩々の一員であることがわかる。纏っている着物は、その赤毛を引き立てるような朽葉色や濃鼠色《こいねずいろ》で、簡素だが物が良い。

「まあ、なんて綺麗《きれい》なお嬢さん！　けれどちょっぴり痩せ気味かしら？　手首なんて骨が浮いてしまっているわ、かわいそうに」

「食用向きではなさそうね。こんな出物を食用に回すなんて正気の沙汰じゃないけど」

「清浄な気を感じるわ。さぞや良い巫の血を引いているのでしょう」

「あら、しかも『蝶の耳』持ちだわ。異能はなさそうだけれど、悪くない」

女性たちに囲まれ、腕をさすられたり、頭に手をかざされたりした小夜は、目を白黒させていた。これが「裁定」なのだろうか。

じっとこらえていると、現れた時と同じく、女性たちがぱっと離れた。

「姉さん方、裁定は？」

「決まってるでしょう。清らかな気、蝶の耳、磨けば玉のように輝くこの顔。五十年に一度もお目にかかれない、最上級よ！」

「はっは！　俺が彼女をどんな値段で買ったか知ったら、目を剝《む》くでしょうね」

そうして鳴海が告げた数字に、猩々の女たちは一瞬呆気《あっけ》にとられてのち。

「信じられない、この子に対してその値で承知したの!?　確かに異能はないかもしれないけれど、本来なら、金子を体重分積まなければならないほどよ！」

「節穴にも程がある。その家の名前は？」

「石戸家ですよ、姐《あね》さん」

鳴海の言葉に、一番年かさと思《おぼ》しき猩々の女が、低い声で呟いた。

「石戸家。覚えておこう。この娘をそんな値で我らに預けるとは、落ちたものだな」

「あ、あの……」

小夜がおずおずと話しかけると、猩々の女たちが一斉に彼女の方を見た。何対もの宝石めいた目に見つめられ、小夜は微かにたじろいだ。

「どうかした？　大丈夫よ、あなたを傷つけようなんて思っていないから」

「いえ、あの……私は、これからどうなるのでしょう」

最上級という言葉が聞こえたけれど、肉として最上級という意味だろうか。食べがいの食用向きではないと言っていたし、一日一食しか食べていない自分に、食べがいのある肉がついているようには思えなかったが、神の食事とは人間の想像の及ばないものなのかも知れない。

そう思いながら尋ねると、姐さんと呼ばれた猩々が事もなげに言った。

「神の花嫁になるのが妥当な線だろうね」

「神の……花嫁ですか!?」

思いもよらない言葉に小夜が狼狽《うろた》えていると、小柄な猩々がにこにこ笑いながら頭を撫でた。

「だって美しいし、綺麗な気を持っているもの。引く手あまたよ」

「わ、私は一応、石戸家の血を引いてはいますが……。神の花嫁になるような教育は受けておりません。きっとご迷惑をお掛けします」

「ああ、やっぱりお嬢さんは、石戸家の御令嬢だったのですね？　御母堂はどちらのご出身でしょう」

鳴海の言葉に、小夜は静かに頷く。

「父は石戸家の当主で、母は……。今は亡くなりましたが、冷泉《れいぜい》家の出でありました」

「ふむ！　良い家の出でいらっしゃる」

「当然ね。この香りは良い巫の血だもの。あんな安値で実の娘を売り飛ばすなんて、本当に信じられないわ」

「そうですね。お嬢さん、もし良ければ、我ら猩々に裁定を依頼した背景を教えてくださいませんか」

もう何年も聞いていない、丁寧な問いかけ。

それに導かれるようにして、小夜は恐る恐る、水器が壊れてその罪を被《かぶ》せられたこと、石戸家を勘当されたことを話した。

話を聞いていた猩々たちの表情が、怒りに満ちてゆく。

「巫であるならば、嘘をついているかどうかくらいわかるものだろうに、酷い家だ。石戸家との関わりを今後一切絶つことを、長《おさ》に提言しておこう」

「そうして下さい、姐さん。さて、一番大事な問題です。これから彼女が嫁ぐ神を決めなければなりませんが――」

その時だった。

すぐ傍《そば》の部屋で、食器が割れる音と、女の悲鳴が聞こえた。男たちの怒声と、何か暴れているような音も聞こえる。

鳴海が弾かれたように顔を上げ、部屋に飛び込んだ。何か叫んでいる。

残された猩々たちは、怯《おび》えた様子の小夜の背中を宥《なだ》めるように撫でながら、

「大丈夫。結界が張られているから、ここには被害が及ばないわ」

「この部屋は……。ああ、鬼灯《ほおずき》様の祝言ね」

「また破談かしらね？　これで駄目ならもう六度目よ」

猩々が呟いた瞬間、部屋から一人の少女が飛び出してきた。

白無垢《しろむく》に身を包んだ娘は、まなじりに恐怖の色を浮かべていた。角隠しは外れ、乱れた茶色の髪が零《こぼ》れている。

彼女は部屋の中を決然とねめつけ、

「いくら私が没落した家の出だったとしても、あなたのような醜い神に嫁がされるなんて、絶対に嫌！」と吐き捨てた。

言葉の強さに、小夜は思わず部屋の中を見てしまう。

そこは真新しい床板の敷き詰められた、清潔な部屋だった。庭と部屋を隔てているのは木製の襖《ふすま》のようなもので、鳳凰《ほうおう》や二枚貝、毬《まり》といった吉祥文様が透かし彫りになっている。

けれどその襖は倒れてしまい、ざっと三十はあろうかという膳には、祝いの食事と酒が置かれていたようだが、それら全てが引っ繰り返っていた。

そして部屋の奥、金の屏風《びょうぶ》の前には、燃え盛る焔《ほのお》が鎮座していた。

否、焔などではない。片目を眼帯で隠した背の高い男が、こちらをじっと見つめている。焔と見間違えたのは、小夜の体が痺《しび》れるほど強い神気を放っていたからだ。

これほど強い神を見るのは初めてで、小夜は息を吞《の》んだ。

更に驚くべきことに、男は花婿の席に座っていた。

ということは、白無垢姿の娘は、夫に向かって「醜い神」などという言葉を放ったのか。

荒れた部屋の中、花嫁の父と思しき初老の男に付き添っていた鳴海が、小さくため息をついた。

「では、木村《きむら》家は此度《こたび》の婚姻を破棄されるということで、よろしいでしょうか」

初老の男は弾かれたように顔を上げ、娘に向かって叫んだ。

「那智《なち》！　考え直しなさい、火の神との婚姻など、うちには過ぎた縁談で――」

「あんな醜い神だなんて思わなかった！　顔が焼け爛《ただ》れて見るに堪えない！」

「言葉が過ぎるぞ、那智！」

「だって嫌だもの、あんな神と夫婦《めおと》になるだなんて絶対に無理！　同じ床《とこ》どころか、肩を並べて座るのだって嫌だわ」

鳴海は苦虫を嚙《か》み潰したような表情を浮かべた。小夜はますます首を傾《かし》げる。自分と白無垢姿の娘が見ているものは果たして同じ存在なのだろうか。

子供のように嫌だと叫ぶ娘と、それをとりなそうとする父親。二人の押し問答は更に酷くなったが、それを制したのは低い男の声だった。

「俺は構わない。婚姻を無理強いする必要はない」

他ならぬ花婿の言葉に、娘は安堵《あんど》したような表情を浮かべた。そして踵《きびす》を返すと、さっさとどこかへ行ってしまう。

父親は何度も花婿に頭を垂れながら、慌てた様子でその後を追った。

鳴海は呆《あき》れたように、

「良いのですか、鬼灯様。やっと探してきた清浄な気の娘だったのに」

「構わない。それに、あの娘が癇癪《かんしゃく》を起こすとこうなるのだろう？」

鬼灯と呼ばれた神は部屋を見回した。襖は外れ、膳はひっくり返り、茵《しとね》と呼ばれる座布団は裂かれてしまっている。部屋の中で暴風が吹き荒れたかのようだ。

「はあ。あの娘の異能のようですね。風の力か」

「制御できぬ力を持ったまま、俺の家に上がられては困るのだ」

鬼灯が呟いた時、遠くの方で娘の金切り声がし、何かが割れる音が聞こえた。鳴海

ははっとしたように、

「我らが屋敷で、異能を暴走させられては困る。止めに行って参ります」

と言って、他の猩々を引き連れ、慌ただしく部屋を出て行った。

一人ぽつんと残された小夜は、部屋の惨状を見つめる。床の上にこぼれた酒を早く拭き取らなければ、跡が残ってしまうだろう。

焔の如き神は、いつの間にか煙のように姿を消していた。猩々たちと一緒に部屋を出たのかも知れない。

近くには小夜の他には誰もおらず、彼女はそっと部屋に入った。

せめて、こぼれた酒や料理だけでも片づけておこうと思ったのだ。小夜の数少ない荷物から手ぬぐいを取り出し、床板の上の酒を手早く拭き取り、無惨に飛び散った料理を丁寧に皿の上に集める。

粉々になってしまった食器もあった。残念ながら、ここまで砕かれてしまうと、何も語ることは出来なくなる。人間が、生き物の死を見ただけで判断できるように、小夜もまた、寿命を迎えた物が何も語らないことを知っていた。

どこかで、早く見つけてくれと声高に叫ぶものがいて、小夜は後片づけの手を早めた。欠けた食器たちや、濡れた座布団からは、不満の声が聞こえてくる。

「急いで洗ってもらうようにお願いするわ。それと、あなたは金継ぎをしてもらえれば、きっと前より立派になるでしょう。だから大丈夫よ」

励ますように座布団や食器を叩《たた》いてやると、どうやら納得したらしく、声が止んだ。

だから、部屋の隅から早く見つけてくれと叫ぶ声に気づくことができた。

不服そうな声は、食器や座布団のものではなかった。どこか尊大で、小夜を召使のように呼びつけている。

声を辿《たど》った小夜が拾い上げたのは、親指の先程もある勾玉《まがたま》だった。橙色《だいだいいろ》に輝いており、淡い光を放っている。天井にかざすと、中で何かが焔のように揺らめいていた。

神気が込められているが、それは強いものではなく、炭火のようにじわりと小夜を温めてくれる程度の強さだった。

見た目の美しさもさりながら、小夜には、この勾玉が丹精込めて作られたものであることが分かった。作り手は職人のようなこだわりでもって、中の模様を作り上げたらしい。

焔色の勾玉には、濃い赤の房飾りがついていた。恐らく、羽織の飾り紐《ひも》につける玉だったのだろうが、先程の騒ぎで千切れてしまったのだろう。それでも玉はぎらぎらと輝いて存在感を放っている。

「とても綺麗な勾玉ね。それに、お殿様みたいに堂々としている。あなたを作った人はきっと自慢でしょうね」

物と会話するのは蝶の耳を持つ小夜の癖だった。勿論、石戸家の者に気味悪がられるから、一人きりの時にしかしないと決めていたのだが――。

「……ほう」

一人きりだと思っていたのに、すぐ後ろから低い声が聞こえて、小夜は身をすくませた。恐る恐る振り向けば、そこには先程の花婿である、鬼灯が立っていた。てっきりもうここから去ったものだと思っていたのに。

小夜の手元を覗《のぞ》き込むように立っているから、様子がよく窺える。不躾《ぶしつけ》と知りながら、小夜はその神をまじまじと見つめてしまった。

なぜなら鬼灯は、花嫁の娘が逃げ出すほど醜い神には全く見えなかったからだ。外見は人間でいうなら二十代後半ほどだろう。切れ長の美しい隻眼といい、薄く引き結ばれた唇といい、まさに美丈夫そのものである。右目に眼帯をしていて、餓狼《がろう》の如き神気を放っていたが、それはむしろ陰のある美しさをより際立てていた。

そこまで観察した小夜は、己の無礼に気づき、さっと頭を垂れる。本来であれば、目線を交わすことさえ許されない相手なのだ。

「お前、蝶の耳があるのか」

「はい。大した力ではございませんが」

神気でわかる。鬼灯と言う神は、とんでもなく高位の神であると。

だから小夜の言葉は自然と震えてしまう。異能を持たない自分が相対していい存在ではないからだ。太陽に相対する羽虫のような気分になった。

それにこの神は、なぜか小夜を熱心に見つめてくる。食い入るような眼差しが、きりりと小夜の肌に食い込んで、痛い程だ。

神は呟いた。

「その勾玉は、俺が作ったものだ」

「そうでしたか……！　勝手に触れてしまい、申し訳ございません」

「いや、構わない。お前の言う通り、それは確かに殿様ぶった高慢な勾玉でな。気に食わないことがあると俺の手元から離れてゆくのだ。拾ってくれて助かった」

鬼灯が手を差し出したので、小夜は顔を上げ、橙色の勾玉をそっとその手のひらに収めた。切り傷があちこちにある分厚い手は、どこか使い込まれた道具のような印象を与えた。

勾玉は、鬼灯の手のひらに包み込まれて、まんざらでもなさそうに輝いている。

「お前が俺以外の者に触れることを許すとは――。余程この娘が気に入ったか」

ふと口元を緩め、小夜を見つめる鬼灯の目。どこか熱情の籠《こも》ったそれにのぼせそうで、小夜は再び頭を垂れる。

「なぜお前は猩々の屋敷にいるのだ」

「裁定を受けることになったのです。もっともまだ行先は決まっていないのですが」

「そうか。お前のように清浄な気を持ち、上等な巫の出であれば、良い神に嫁すこともできただろうが……。俺に見つかったのが運の尽きだったな」

「えっ？」

「顔を上げよ」

小夜は言われた通りに顔を上げる。爛々《らんらん》と輝く隻眼の、焔が躍るような激しさを真正面から見つめてしまい、僅かに顔を赤らめた。美しい男神の、魂ごと見透かされるかのような眼差しを受けて平気でいられるほど、小夜の心臓は強くない。

それにしても、あの那智という娘は、こんなに美しい顔のどこを見て醜いなどと言ったのだろう？

「俺の顔は醜いだろう」

「い、いいえ、ちっともそうは見えません」

「小雀のように震えておきながら、虚勢を張るか」

「いいえ、本当です。神様に嘘はつきません。天地神明に誓って、本当です」

「天地神明を持ち出すとは、なかなかの度胸だ」

鬼灯はくっと笑い、それから改まった表情で、薄い唇を開いた。

「ならば、俺のもとに嫁げ」

何を言われているのか分からず、そもそも何が「ならば」なのかも理解できないいまま、小夜はぽかんと口を開けた。

「俺は鬼灯という。火を司《つかさど》り、神々からの依頼を受けて、物を作ったり修理をしたりして過ごしている」

「火の神様……。やはりとても強い神様でいらっしゃるのですね」

「そのせいで呪われ、片目と共にかなりの力を削《そ》がれたがな。だがお前を守るだけの力は持っている。だから俺の花嫁になれ」

小夜は目を瞬かせながら、目の前の神が「冗談だ」と言うのを待った。

だが鬼灯はどこか落ち着かない様子で小夜を見つめている。その様は、神を喩《たと》える言葉として似つかわしくないものの、飼い主が早駆けに連れ出すのを待っている馬のように見えた。

この神は本気だ、と悟った小夜は、半ば悲鳴のような声を上げた。

「……む、無理でございます！　私はあなたのような強い神に嫁ぐことができるような娘ではありません！　巫の血こそ引いていますが、異能も何もない役立たずで」

「俺がお前を気に入った。それでは駄目か。理由にならないか？」

「駄目なことなどありませんが」

目を白黒させている小夜を見、鬼灯は唸《うな》った。片眉を微かに持ち上げて首を傾げる。

「ならば言い方を変えようか。花嫁にならなくても良い、いや最終的にはなってもらうのだが、ともかく。お前には、俺の屋敷の掃除を頼みたいのだが、どうだろう」

「掃除……ですか」

「先程お前がこの部屋を片づける所を見ていたが、見事な手際だった。それに蝶の耳があるならば、俺の屋敷には打ってつけだろう」

花嫁などという大それた役目を果たすことは不可能だが、掃除人であれば小夜も役に立てるかも知れない。

猩々に売られた時点で、小夜は選べる立場にない。なのに決断を委ねてくれるこの神に、小夜は少しだけ好感を抱いていた。

だから、小夜は顔を上げて、はっきりと告げた。

「掃除人ということでしたら、是非働かせて頂きたいです」

「では交渉成立だな。ちなみに華燭《かしょく》の典《てん》はしっかり挙げさせてもらうぞ」

「は、花嫁にならなくても良いと仰《おっしゃ》いませんでしたか」

「理由があるのだ。俺の屋敷には呪いがかかっていて、俺の花嫁しか足を踏み入れることができない。それ以外の人間は皆弾いてしまう」

「ああ！　だから最初に、花嫁になれ、なんてご冗談を仰ったんですね」

小夜は安堵の笑みを浮かべる。自分が花嫁として求められるなど青天《せいてん》の霹靂《へきれき》だったが、案の定、花嫁というのは便宜上の立場だった。

「いや、冗談ではないぞ。花嫁として迎えたいという気持ちは誠だ」

けれど小夜はもう鬼灯の言葉を聞いていなかった。花嫁になれ、と言われて多少なりとも胸が高鳴ったことは事実だったので、平常心を取り戻すことに必死だったのだ。

呼吸を整えながら、小夜は鬼灯をこっそりと見上げる。

物の声が聞こえる小夜にとって、相手の内面を観察することは、さして難しいことではなかった。

例えばあの眼帯。あれは彼が手ずから作った逸品のようだ。革で出来ているために、油を塗るなどの手入れが必要だが、欠かさず行われているらしいことが分かった。

他の装飾品も全て手入れが行き届いていたが、何より小夜の心を動かしたのは、あの焔色の勾玉だった。誇り高く、神気の込められた温かな品だった。

あれほどの物を作りだす手の持ち主に、興味が湧いた。

他者に、ましてや自分より遥《はる》かに高位の神に、興味を持つなどということは、小夜にとって初めての経験だ。訳もなく胸がむずむずする。

「まあいい、ともかく花嫁にはなるんだろう?」

「はい。私は元より家から追放された身です。拾って頂けるのであれば、どちらにでも喜んで伺います」

人間である小夜に拒否権はない。神がそうせよと言ったならば、それに従う以外の道はないのだ。

けれど、小夜がはいと言った時、鬼灯は確かに嬉しそうに笑ったから——。

まるで、望まれて嫁ぐような喜びが、小夜の心に灯《とも》ったのだった。


猩々に売り飛ばされた小夜には、婚姻の席に呼ぶ家族も、友人もいない。鬼灯側にも列席者はおらず、なればと鳴海は今すぐに華燭の典を挙げることを提案した。

鬼灯は頷き、小夜は少し遅れて首を縦に振った。それで話は決まった。

小夜は早速猩々の女たちに、別の部屋へ連れて行かれると、着ていた粗末な着物を脱がされ、白無垢を着付けられる。

仕立ての良い着物たちが、自分に着付けられることを嫌がりはしないだろうかと小夜はひやひやしていたが、幸いにして、帯も羽織も快く小夜を輝かせてくれた。

結い上げた髪にどの花を飾るかで、猩々の女たちは大変に揉《も》めたが、小夜が一輪の花を手に取ったことで勝負は決した。

そうして、小夜は鬼灯が待つ部屋へと足を進める。

神と人間の華燭の典。即《すなわ》ち婚姻の儀。

庭に面する几帳は全て取り払われ、二人を寿《ことほ》ぐように、梅の花が咲き誇っている様がよく見えた。

通常であれば膳を並べ、派手に祝杯を上げるのだろうけれど、鬼灯にも小夜にも参列者はいない。

だから、これは二人だけの儀式。

小夜は頭を垂れ、恐る恐る鬼灯を見上げる。

鬼灯は口元を押さえ、呆気に取られたように小夜を見つめていた。

小夜は居たたまれなくなる。美しい男神である鬼灯と、貧相な自分。あまりにも不釣り合いでつい頭を下げてしまう。

「……あの、こんな貧相な娘で、申し訳ございません」

「ん？　ああ違う、そうではない。あまりにも綺麗だったから、つい言葉を失った」

鬼灯の眼差しが、先程の熱さを帯びる。ごうと燃え滾《たぎ》る神気が、小夜の心臓を暴れさせた。この鬼灯と言う神は、どういうわけだか分からないけれど、小夜にいたく執心しているようだった。

猩々たちが言っていたが、鬼灯は既に六度も婚姻を断られてきたそうだ。きっと、やっと手に入れた花嫁に固執しているのだろう。小夜個人ではなく、花嫁という所有物に対しての執着心だ、と小夜は自分に言い聞かせた。

「元より饒舌《じょうぜつ》な方ではない。女性を喜ばせる言葉など知らないから、不安にさせたのであればすまない。……だが、お前は美しい。どの娘よりも、遥かに」

熱っぽく言って鬼灯は、三々九度の盃を手に取る。

いつの間にか準備されていたその盃には、黒と金の金魚が寄り添っている様が蒔絵《まきえ》で描かれ、酒を注ぐとその鱗《うろこ》を七色にきらめかせた。

緊張しながらも盃を交わす小夜を、鬼灯は飽きもせず見つめている。目を離したら逃げてしまうとでも思っているのだろうか。

「薔薇《ばら》の花がよく似合っている」

「分不相応なことは分かっていたのですが……。母が好きな花でしたので、つい」

「似合っていると言った。いや、お前に似合わぬ花などないだろう？」

不思議そうに言った鬼灯は、盃を置いて、小夜の手を取った。

小夜の両手がすっぽり収まってしまいそうなほど、大きな手のひらだ。そこに握られていたのは先程の橙色の勾玉。

「これよりお前に火の神の加護を与える」

「あ……！　勾玉が、消えてしまいます」

小夜の手のひらに吸い込まれるようにして、勾玉は消えた。

「お前の体内に入ったのだ。何かあればそれがお前を守る」

体の奥にじんわりと温《ぬく》もりが灯り、小夜は小さく息を吐いた。勾玉が小夜に馴染んだのを確認した鬼灯は、目に剣呑《けんのん》な光を浮かべて言った。

「我が妻に仇《あだ》なすものは皆、我が焔にて灰燼《かいじん》に帰す定めとなる」

「灰燼、でございますか」

「神のものに手を出すということは、そういうことだ」

さらりと言われ、遅まきながら小夜は悟る。

掃除をするのが本来の目的とは言え——自分は、この神の所有物になったのだ、と。

恐ろしいことをしてしまったような気がしなくもない。

けれど、水器を割ったという濡れ衣を着せられた時の、どうしようもない孤独感に比べたら、前途は明るい。少なくともこの火の神が、煌々《こうこう》と照らしてくれている。

「幾久しく」

鬼灯の言葉に、小夜ははにかむように笑った。

「幾久しく、宜《よろ》しくお願い申し上げます」

＊

「只今《ただいま》戻りました。ああくたびれた。小夜に足でも揉んでもらわないと」

帰ってきた桜は、小夜を呼びつけようとして、既に彼女がこの屋敷にいないことを思い出す。

「そうだ、お母様が猩々を呼んだんだったわね。猩々は人間を裁定して、神々に引き合わせるって言うけど？　小夜ならせいぜい、その辺の土地神の食料になるくらいの価値しかないわね。骨ばかりで食べ甲斐《がい》がないでしょうけれど」

くくっと意地悪く笑った桜は、服を着替えるために別の使用人を呼んだ。

年老いた使用人がやってくるのを待つ間、鏡を覗き込んで、自分の美しさを存分に確かめる。

「佐野のお坊ちゃまときたら、私とまだ婚約の約束もしていないのに、手を握ろうとするんだから。困った人」

長いまつ毛に縁取られた、大きな瞳。白磁のように輝く肌には染み一つなく、頬は薄《うっす》ら赤らんで、可憐《かれん》という言葉が似合う乙女だ。

桜は鏡の前でくるっと回転し、自慢の髪が優雅に翻る様を眺めた。

「それにしても、水器を割っちゃったときはどうなるかと思ったけど……。小夜にうまく罪を被せられて良かった。まあ、今まで面倒を見てやっていたんだもの、そのくらいの恩返しはしてくれないとね」

鈴が鳴るような声で笑う桜。

石戸家の水器を割ってしまった張本人は――桜だったのだ。

悪意があったわけではない。ただの事故だ。

水器の入っていた桐箱が、少しはみ出ていて、そこに袖が引っかかってしまっただけのこと。

「私は水神様にお仕えする巫だもの。その私が水器を割るなんて、あってはならないことだわ。大体小夜がもっとちゃんと蔵を掃除していれば、私が誤って水器を割ることもなかったわけだし！」

ふふんと笑った桜は、着替えのために使用人がやってくる足音を聞きつけ、ぴたりと口を閉ざす。

鏡に映ったその顔は美しかったが、その奥に邪悪な気配を潜ませていた。

二章　火蔵御殿すなわち魔窟

この国の神々は『異界』と呼ばれる空間に住んでいる。

異界の中では、神々が店を構えたり、旅館を経営していたりと、人の営みに近いことが行われている。物の怪や精霊も出入りするが、神気が満ちているために、人間には縁遠い場所だ。常人が足を踏み入れれば、その神気の強さに中《あ》てられて、熱病に罹《かか》ったような感覚に陥る。

ゆえに、神気が満ちた世界に足を踏み入れられる人間は、巫の血を引く者か、神が選んだ者に限られていた。

石戸家でも、小夜の父親は桜と義母を連れて異界に出入りしているようだった。

けれど小夜は初めてだ。

だから、鬼灯が先導する小道を、興味深そうに見つめている。

小さな林の中を二人は歩いていた。木々が投げかける木漏れ日が目に鮮やかだ。

「すまないな。玄関まで遠いんだ」

「まあ。この敷地が全て、鬼灯様の領域なのですか？」

「その通りだ。火蔵御殿《かぐらごてん》と呼ばれている」

「広いのですね。私、お庭のお手入れはしたことがなくて……」

「庭の掃除はしなくていい。勝手に片付く。掃除が必要なのはあの火蔵だ」

鬼灯は、木々の隙間に見える蔵を示した。

大きさも形も、普通の蔵とさほど変わりがないように見える。

「見かけは小さいが、中は帝都の三倍程の広さがある」

「帝都の三倍でございますか!?」

「ああ。調子に乗って術式を組んだら膨れ上がってしまった。おかげで物を入れる場所には困らないが……」

鬼灯はばつが悪そうな顔で呟いた。

「広すぎて、どこに何があるのか分からなくなってしまったのだ。整理しなければ」

「では私は、あちらの蔵を整理すればよろしいのでしょうか」

「ああ、今は良い。とりあえず屋敷の方を掃除しなければ、身動きが取れん」

そんなことを話している間に屋敷の前に着いた。

屋敷と言っても、石戸家のような典型的な日本家屋とは少し違う。白い外壁の三階建ての建物は、西洋風であるようだった。

「見ためだけじゃない、内装も西洋風だ。アール・デコ様式というらしい。人間の作った建築ないし装飾技法だが、なかなか面白くてな！　真似《まね》てみた」

どこか誇らしげな鬼灯が、ブロンズ仕立ての扉を開け、小夜を中に通してくれる。

恐る恐る中に入ると、丸い天井がモダンな玄関ホールが出迎えた。

まるで帝都の百貨店のように洒落ている内装だ。——けれど。

「……」

タイル張りの床一面に、物、物、物、物。

積みあがった茶箱によく分からない鉄の鋤《すき》のようなもの、得体の知れない人形の横には、数十本の箒《ほうき》がまとめて立てかけられてあった。その横には蓄音機が一台と、朝顔の花のようなホーン部分だけがごろりと五つほども転がっている。

臭ったり腐ったりしていないのが救いだが、ともかく脈絡のない物が多すぎる。物を踏まないように歩くだけで精いっぱいだ。

そんな扱いだから当然、物たちがひっきりなしに訴えてくる不満が、静かなざわめきとなって小夜の耳には届いていた。

「もしかして、全てのお部屋がこのような有様なのですか」

「ああ。客室も次間《つぎのま》も大客室も大食堂も、これだ」

小夜の絶句する顔を見て、鬼灯は慌てて言葉を継ぐ。

「だが安心しろ、台所や厠《かわや》、風呂場は無事だし、二階はまだ床が見える。赤いじゅうたん敷きだったはずなんだが、いつの間にか白っぽくなっているのが不思議だ」

「鬼灯様、それはかびか、埃ですね……」

鬼灯はばつが悪そうな顔になった。

「あまりにも汚い家だから逃げたくなったか」

そう言いながら火の神は、自分より頭二つほども背の低い小夜の顔を覗きこむようにして、彼女の表情を窺う。

だが小夜の顔は、華燭の典の時よりも輝いていた。

「いいえ。やりがいのある素敵なお屋敷です！」

「む、そうか」

「鬼灯様、入ってはいけない部屋や、触れてはいけないものがあれば教えて頂けますでしょうか」

小夜の言葉に、鬼灯はふむと考え込んだ。

「大食堂にあるもの以外で、役目を終えた物は片づけておいてくれ。外に出しておけば塵屋《ちりや》、古物を買い取ってくれる連中が来るから、分別もしなくていい」

「かしこまりました」

「俺の作業部屋は二階にある。時折爆発音が聞こえると思うが、大事ない」

「かしこまりまし……ば、爆発音ですか？」

「ああ。火を使うからな」

事もなげに言うが、邸内で爆発は、大変まずいのではないだろうか。

そう思った小夜だったが、ここが火の神の屋敷であることを思い出し、心配する必要がないことに気づいた。

「お前の部屋はこちらに新しく作った。案内する」

案内されたのは、小花柄の壁紙が可愛《かわい》らしい洋間だった。

けれど、つけ柱や飾り戸棚は杉の木でできているらしく、石戸家のしつらえを思い出させる。舶来の調度と日本の装飾が上手《うま》く交ざった、品の良い部屋だった。

中でも小夜の目を引いたのは、大きな西洋風の寝床だった。

「私、初めて寝台《べつど》で眠ります……！」

「慣れると便利だぞ、下の空間も有効活用できる」

「それに、一人の部屋も初めてです」

「そうなのか？　お前は石戸家の長女だったと聞いているが」

「お母様が生きていらっしゃった頃は、同じお部屋で寝起きしていたのですが……。亡くなってからは使用人部屋でした。布団も二人で一組でしたし」

心なしかうきうきと部屋を見回す小夜を、鬼灯は複雑な表情で見つめている。

その隻眼には、怒りと憐《あわ》れみの色が浮かんでいた。

「そう言えばお前、荷物が少ないようだが。後で猩々たちに送らせるのか？」

鬼灯の言葉に、小夜のはしゃいでいた心がしぼむ。小夜は笑みを作りながら、自分の風呂敷包みを示すことしかできなかった。

「いえ、私の荷物はこれきりです。嫁入り道具も持たずに、申し訳ございません」

「……一つもないのか」

「お母様の形見である衣装や道具は、全て桜様……義理の姉の物になりましたので」

「すまない」

「いえ、謝らなければならないのは私の方です。鬼灯様ほどの高位の神様に嫁ぐのに、ろくな道具も持たずに」

うつむく小夜に、鬼灯は顎をさすりながら、

「まあ、結果としては良かったかもしれん。この通り、火蔵御殿は物で溢《あふ》れているからな。嫁入り道具を置く場所などない」

と声をかける。顔を上げた小夜の目に、気まずそうな鬼灯の姿が映る。

——不思議な神だ、と小夜は思う。

人間の事情など、神にとっては些事《さじ》だ。

けれど鬼灯は小夜を慮《おもんぱか》ってくれる。気を悪くしたのではと、謝りさえしてくれる。

「……鬼灯様。ありがとうございます」

「何だ。礼を言われるようなことは何もないぞ」

「謝って頂いたことも、慰めて下さったことも、ずいぶん久しぶりのことでしたので……。嬉しかったのです」

小夜はにっこりと笑う。

「鬼灯様のために、お掃除を頑張らせて頂きますね」

安堵したように表情を緩める鬼灯。それは少年のようにあどけなく。

だから小夜は不思議に思うのだ。

あの猩々たちの屋敷で、鬼灯との華燭の典を、直前で断った娘那智の言葉。

『あんな醜い神だなんて思わなかった！　顔が焼け爛れて見るに堪えない！』

鬼灯の醜さがどこにあるのか見つけられぬまま、小夜は火蔵御殿での最初の夜を過ごした。

＊

良く晴れた五月の昼日中、火蔵御殿には今日も爆発音が響いている。

腹に響くこもった轟音《ごうおん》と共に、屋敷がぐらりと揺れる。

天井からぱらぱらと埃が落ちてきて、ダイニングホールの掃除をしていた小夜は、箒を手にしたまま身をすくめた。

「あっ、この！」

鬼灯の怒声と共に、上階から何かの羽ばたきが聞こえて来て、小夜は身構えた。

階段の手すりをさっと曲がってダイニングになだれ込んできたのは、二十冊ほどの本の群れだった。革張りの本たちが、頁《ぺーじ》を翼のようにはためかせて、蝙蝠《こうもり》の群れのように小夜の所へ突っ込んでくる。

「危ない！」

屋敷の中であれば一瞬で移動することのできる鬼灯が、棒立ちになっていた小夜の手を引く。強い力に抗《あらが》えず、小夜はそのまま男神の胸に倒れ込んだ。

小夜が一瞬前までいた場所を、本の群れたちが猛烈な勢いで通過してゆく。数冊が激突したせいで、衣服の大きな山が崩れ、床の上に広がっていった。

「『本の子』どもめ……！　もう我慢ならん。これ以上俺の屋敷を我が物顔で飛び回らせるものか」

鬼灯の大きな腕の中にすっぽり囲い込まれてしまった小夜は、箒を握り締めたまま身を強張《こわば》らせている。男神の、と言うより男性とこれほど近距離で接するのは、初めてのことだった。

鬼灯は身を固くしている小夜を見下ろし、片眉を器用に上げた。

「何だ、耳まで赤いぞ」

そう言ってにやりと笑う、その意地悪い表情も、この美貌でやられると憎めないものだ。小夜はじりじりと身を引きながら、鬼灯の腕から脱出した。

本の群れが通り過ぎた後を見、小夜の体を疲労感がどっと襲う。綺麗にしたはずの床には、物と埃が散乱していた。

「ああ……。選別した物の山が、見事に崩れてしまっています……」

「すまない。俺の部屋から新しく『本の子』が発生したようだ。あいつらはどこでも繁殖するからな！」

本の子。それは文字通り本の子供であり、子供であるがゆえにやんちゃで、とにかくいつでも動き回っている。蝶の耳で拾える彼らの声は、もっと遊びたい、もっと飛び回りたいというあどけない欲求ばかりだ。

先程のように群れを成して屋敷中を飛び回るので、小夜の掃除もなかなか捗《はかど》らない。大食堂を掃除してはいけないと言われているのは、この本の子たちを閉じ込めているせいだ。それでもまだこうして暴れる本の子が後を絶たない。

「それにしても私、本が雌雄つがいで置いておくと増えることを、初めて知りました」

「人間界の本は増えん。異界の本だけだから、お前が知らないのも無理はない。卵から生まれるのと、母の腹から生まれるのとがいて、なかなか面白いんだが、こうも悪行ばかり働かれると憎たらしくなってくるな」

　この本の子たちについては、鬼灯がだいぶ捕まえて大食堂に押し込めたのだが、鼠《ねずみ》のような繁殖速度で増える為《ため》、いたちごっこの様相を呈していた。

　掃除の前に、まずこの本の子をどうにかしなければ。

「本の子は居場所さえ作ってやれば落ち着くはずだ。そのために依頼された本箱を今作っているところだから、もう少しの辛抱だぞ」

「はい。ですが、お掃除の方はあまり捗らないかも知れません」

「構わない。それよりお前の方は大丈夫か、噛みつかれたり、ぶつかられたりして、怪我《けが》などしていないか」

「……はい、お気遣い頂きありがとうございます」

　小夜は左足を微かに後ろに引き、鬼灯から見えないようにしながら、笑みを浮かべて見せた。


　小夜が火蔵御殿にやってきてから、早くも三日が経っている。

　柔らかな寝台で安眠するのには、まだ少し時間が必要だけれど、部屋の汚さや爆発音には慣れた。本の子が部屋を引っ掻《か》き回すことには閉口したが、義母や桜が突然ぶつけてくる癇癪よりはいくらかましだった。

小夜は本の子の妨害を受けながらも、どうにか玄関だけは片づけていた。物の声が聞こえる小夜にとって、掃除すること自体はさほど苦ではない。役目を果たし、寿命を迎えた物や、鬼灯が今必要としていない物は塵屋に持って行ってもらうし、そうでない物は然《しか》るべき場所――その物が落ち着ける場所へ収納する。時折飛び出す虫や蛙《かえる》や蛇、蝙蝠といった変わった同居人には閉口したが、自然と慣れていった。本の子に比べれば、彼らの何と平和なことか。

小夜は雑巾がけをするべく、水を張ったたらいを持ち、洗面所から玄関に向かった。途中で本を読みながら歩く鬼灯とすれ違う。本に集中しているようだったので、会釈をして通り過ぎようとした、その瞬間。

「小夜、止まれ」

「はい、どうかなさいましたか」

茶でも所望しているのだろうかと思いつつ、たらいを床に置いて鬼灯の言葉を待つ。

美しい男神は、一つきりしかない目でじっと小夜を見下ろしていたが、ややあって本を側《そば》の彫像の上に無造作に載せた。

鬼灯はそのまま、小夜を横抱きに抱えた。

「鬼灯様!?」

「ちょっとそこに座れ」

片づけたばかりの長椅子に小夜を座らせ、鬼灯が床に跪《ひざまず》く。その手が小夜の左足を無造作に摑み、裾を絡《から》げた。

悲鳴を上げそうになったのは、鬼灯の性急な行動ゆえではなく、単純に痛みからだった。小夜の細いふくらはぎには、白い布が巻かれていた。血が滲んでいる。

「やはりな。本の子に嚙まれたのだろう。痛むか？」

「少し。でもすぐに治ります」

「本の子の嚙み傷は治りにくい。――すまなかったな」

「鬼灯様が謝られることではございません。私がぼうっとしていたせいですから」

「お前を守ると言っておきながらこの様だ。言い訳をすると、この屋敷に、俺に害意を持つ物は存在できないようになっている。だから、屋敷の中の物に対しては、俺の加護が働かないのだ。その点は改良せねばな」

鬼灯の手は大きく、小夜の足首など簡単に捕まえてしまう。それどころかふくらはぎまで片手で摑めてしまいそうなほどだ。

足首を摑む指先からじわりと熱が這《は》い上る。傷の痛みも忘れる程の、くすぐったいような、もどかしいような感覚に、小夜は背筋を震わせた。

片手に薄く橙色の光を纏わせた鬼灯が、小夜の傷にそっと手をかざす。

じんわりとしたぬくもりと共に、痛みが引いていくのを感じた。目を瞬かせていると、鬼灯が包帯をさっさと取ってしまう。

傷は綺麗に塞がっていた。白く滑らかなふくらはぎを一瞥《いちべつ》し、鬼灯は頷く。

「この程度であれば、痕も残さず治せるのだ。だから、また同じような怪我をしたら、今度はすぐに言いなさい」

「ありがとうございます……！　その、黙っていて、申し訳ございません」

「全くだ。お前は俺の物なのだから、少しは己を大事に扱うことだな」

そう言って鬼灯は、ふと何かに気づいたように小夜の顔を見上げた。自分より遥かに背が高い鬼灯にそうされて、ずっと跪かせたままであることに気づく。

「主様を跪かせてしまい、申し訳ございません……！」

「構わない。こうして見上げるお前も新鮮だ。いやそんなことより、目の下に隈《くま》が出来ているぞ。お前、夜はちゃんと眠っているか？」

「はい。子《ね》の刻から寅《とら》の刻は休ませて頂いています」

「たった二刻しか眠っていないじゃないか」

「早起きには慣れております。それに、鬼灯様も大体そのくらいの時間にお休みになっているようですから」

鬼灯ははっとした表情になった。

「お前、俺が何か用事を言いつけると思ったのか。そのために起きて待っていたと？」

「はい。お茶やお食事の支度は不要だと仰っていたので、せめてそれ以外のことはさせて頂こうと思いまして」

「……それ以外のこと、か」

小夜は、急に掃除や人手が必要になった場合を想定して言ったのだが。

どういうわけか鬼灯は、まごついたように視線を彷徨《さまよ》わせている。小夜の足に触れたままになっていた手の、小指が微かに小夜の肌を撫でた。

不思議そうに首を傾げる小夜に、鬼灯は思い切ったように告げた。

「お前が嫌なら、同衾《どうきん》はしなくてもいいんだぞ？」

「同衾でございますか……」

ぽかんとしていた小夜だったが、やがてその顔が見る見るうちに赤くなる。

同衾。即ち、同じ寝具で夜を共にすること。

神の花嫁ともなれば「夜のつとめ」というものもある。それを知らない小夜ではなかったが――。

「申し訳ございません。私は不調法なもので、その、そう言ったことには疎く……」

「だから、嫌なら同衾はしなくていいと言っている」

「い、嫌だと言うわけではないのですが！」

鬼灯の隻眼がぎらりと光ったように見えたが、小夜は構わず必死に言葉を継いだ。

「その……あの、ですね。私は……そういう教育を受けておらず……。体もこんなに貧相で……」

嫌ではないのだ。だが鬼灯の前に全てを曝《さら》け出すことを考えると、恥ずかしさのあまり死んでしまいそうだった。美しい男神の前に、自分の体はあまりにもちっぽけで、みっともないような気がした。

自分の指の先をこすったりつまんだりしながら、小夜は小さく訴えた。

「きっと……鬼灯様を、がっかりさせてしまいますので……」

それを聞いた鬼灯は、妙な表情を浮かべた。初めて異国の食べ物を口にしたような珍妙な顔になって、しきりに腕組みをしている。

彼の目に宿った剣呑な光は消えていた。

「……誤解があったようなのでここで正しておこう」

「誤解ですか？」

「俺はお前に同衾を強要したいわけではない。無論本心としては花嫁としてお前を平らげたい気持ちはあるが、心の準備のできていない乙女をどうにかする程、悪い神ではないつもりだ」

「は、はい」

「だから、同衾はしなくて良いし、俺が何か用事を言いつけるのを待って、夜遅くまで起きていなくても問題ない」

そう言って鬼灯は立ち上がると、小夜の横に座って手を取った。

「お前はもう十六かそこらなのに、幼子のように小さな手をしている。背丈だって小さいだろう。もっと大きくならなければ駄目だ」

「駄目なのですか」

「見ていて怖いのだ。お前が大きな箱を持って歩いていると、自分が幼い子供をこき使う嫌な神になったような気がする」

「申し訳ございません……」

鬼灯は小さくため息をついた。

「悪いと思うのならば、夜はせめて亥《い》の刻には寝ろ。朝も、日が昇るまでは起きずとも良い」

「ですが」

「お前に必要なのはたっぷりの睡眠と、たっぷりの栄養だ。そうだ栄養で思い出した、台所の食材はちゃんと使っているか？」

鬼灯は小夜のために、食材を大量に用意してくれていた。

術をかけてもらっているので、火蔵御殿の台所に置いておく限り、腐ったり傷んだりしないようになっている。

鬼灯の言葉に、小夜は誇らしげに胸を張る。

「はい！　一日に一回、たくさん食べさせて頂いております」

「……一日に、一回？」

「は、はい……。鬼灯様、私また何か悪いことをしてしまったでしょうか……？」

理由がよく分からないが、鬼灯は怒っていた。小夜は身を縮めて、己の不甲斐なさを悔やむばかりだ。

「石戸家の人間は誠に度し難い連中ばかりだな……！　もっと早く出会えていれば、お前をこんな目には遭《あ》わせなかったものを」

呟いた鬼灯が小夜の手を握ったまま、台所の方へ向かえば、ほとんど手つかずの食材たちが二人を出迎えた。

鬼灯に問われたので、小夜はこの三日間、粟《あわ》をほんの少しに青菜の汁と、豆腐で食事を済ませていたと正直に告げた。

「雀がついばんだ程度の量しか減っていないが」

「た、たくさん頂きました！　食べ残しを頂くわけではないですから、自分の好きな量をこう、たくさんよそってですね……！」

茶碗《ちゃわん》に粟をよそう仕草をする小夜だが、鬼灯にはその動きがあまりにもささやかに見えたらしい。深い深いため息をつく。

「なぜ石戸家の長女たるお前が、そのような扱いを……いや、今言っても詮無いことか。よし、こうしよう。花嫁兼掃除人として迎え入れたところ、かつ本の子のせいで忙しい中ですまないが、これからは食事の用意もお願いできるか」

「勿論でございます。一通りのものは作れます」

「ああ。その時には二人分作ってほしい」

「承知致しました」

「誤解がないように補足するが、二人分というのは俺が二人分食べるという意味ではなく、お前と俺で二人分、という意味だ」

「私の分も、ですか」

「ああ。俺とお前、同じものを食べるんだ。当然だろう？」

鬼灯はさらりと言った。

「俺たちは、夫婦《めおと》なのだから」

「……ですが、」

「ですがもさすがもないぞ。俺は一日に三度食事をとる。神にとって、人間が捧《ささ》げる料理は供物と同義で、栄養になるからな。用意するのが面倒なら、昼は握り飯程度でもいい。ただ必ず二人分作って、一緒に食べよう」

いいな、と念押しされて、小夜は頷く他なかった。

「よし。では今日の夜からよろしく頼む。俺は何でも食うが、できれば片手で食べられるものだとありがたい」

「承知致しました。……あの、一つお伺いしてもよろしいでしょうか」

小夜がおずおずと問いかけるのに、鬼灯が頷く。

「どうして鬼灯様は、私に良くして下さるのでしょう？」

「一目惚《ひとめぼ》れしたからだ」

「あ、あの、そういったご冗談には私、慣れておらず……」

「冗談ではない。俺はあの猩々の屋敷にいたお前が天女のように見えた。普通の人間であれば、俺を見てこの醜さに目を背けるのに、お前はそうしなかった。ただ真っすぐに俺の目を見ていた」

それがどれほどありがたかったか、お前には分からないだろう。

鬼灯は低い声でそう付け加えた。一瞬何かに倦《う》んだような眼差しになったが、すぐにいつもの冷静さを取り戻して続ける。

「それに、お前の蝶の耳は想像以上に俺の役に立っている。びーどろ簪《かんざし》や光度計を見つけてくれただろう。あれは随分助かった」

その言葉に小夜は口元を綻ばせた。鬼灯が捜しているという品を、たまたま物の山の中から見つけただけなのだが、鬼灯はいたく感謝してくれている。役に立っている、お前のおかげと言われたことなんて、何年ぶりだろう。

鬼灯は更に言葉を重ねる。

「しかもお前は、俺の仕事の呼吸をよく読んでいる。俺が作業を小休止した頃合いを見計らって話しかける手腕は見事だ。俺は手を止めるのが嫌いだからな、そういう気遣いがありがたい」

「過分なお言葉です。ありがとうございます」

「俺はお前の仕事の進め方を気に入っている。よくやってくれていると思っている。良い仕事には敬意を払い、尊重すべきだ」

鬼灯は小夜の頭をそっと撫でた。

「では、俺は仕事に戻る。今日はもう掃除をしなくて構わないから、夕餉《ゆうげ》だけ宜しく頼む。それまではここでかりんとうでも摘まんで休んでいろ」

そう言って、かりんとうの袋を自分も一つ摑み、台所を後にする。

残された小夜は、両手で自分の頬を包み込みながら、鬼灯がくれた言葉と体温を思い返す。

「私の技術、すごいって。……ふふ」

掃除なんか誰だってできる、そう思うものの、小夜は口元が緩むのをどうにも抑えきれないのだった。

もう足は痛くない。小夜は、鬼灯が自分に触れる手つきの優しいことを意外に思いながら、勧められた通りかりんとうの袋を開けた。


とは言え、本の子はどうにかしなければならない。捕まえても捕まえても、どこかで繁殖して群れをなすのだ。眠っている時も構わず部屋に飛び込んでくるのには、鬼灯も小夜も閉口した。

今夜もまた寝入りばなを起こされ、寝間着姿のままで飛び起きた小夜は、作業部屋から下りて来た鬼灯と顔を見合わせた。

「本棚ができるのが先か、俺たちが寝不足で倒れるのが先か、根競《こんくら》べだな」

「……あの、鬼灯様。かりそめにでも本棚を作ることはできないのでしょうか。鬼灯様のお顔に隈が出来てしまっています」

「そうだな。せめて仮にでも連中を押さえ込む場所を作ろう」

「玄関の横の……下足室というのでしょうか。そこに横板を作りつけて、本棚のようにするというのは如何《いかが》でしょう」

差し出がましいとは思いながらも提案すると、鬼灯は目を丸くして、

「そんな場所があったか。少しでも大人しくなってくれたら御の字だ」

と自分でも見に行った。玄関ホールの横にある小部屋は、掃除用具を入れておくには広すぎるものの、一部屋として扱うには狭すぎる中途半端な場所だった。

鬼灯はその部屋を見て頷く。

「ここに本の子らを追い込んでおこう。その間に本棚を作り上げる。横板になるものを調達して……。ああ、どのみち明日にならないと始まらないな」

眠たげに言いながら目を揉み込んでいる鬼灯を見、小夜は少しためらいながらも手を伸ばす。

「こすると赤くなってしまいます。目がお疲れなら、懐炉をお持ちしましょうか。目を温めると少しは楽になるかと思います」

「懐炉？」

鬼灯はおかしそうに笑って、それから右手で小さく指を鳴らす。

次の瞬間、鬼灯の手のひらに銀色の印籠のようなものが現れた。縁の丸みが手に馴染む、少しハイカラな逸品だ。

「これは新型の懐炉だ。本来なら火で着熱するものだが、この屋敷内であれば、一度蓋を開けて閉じればすぐ温もる」

そうして鬼灯は客間の長椅子に腰かけると、

「俺の目にその懐炉を載せてくれないか。そうしたら楽になるかもしれん」

「かしこまりました」

小夜は懐炉の蓋を開閉し、銀色の懐炉が温もり出すのを確かめると、

「では鬼灯様、そちらに横になって下さい」

「俺たちは夫婦だ。であればここは膝枕をする場面なのでは」

「膝枕」

鸚鵡返《おうむがえ》しに言った小夜は、鬼灯の言葉の意味を測りかねていた。けれど目の下に隈を作った鬼灯は本気だった。徹夜のしすぎで正常な判断が出来なくなってしまっているのかも知れない。

小夜は顔が赤くなるのを自覚しながら、長椅子の端に浅く腰かけた。と、鬼灯が早速小夜の膝に頭を預けてくる。仰向《あおむ》けになった男神の、いつも前髪で隠されていた額が露《あら》わになり、その額が童女のように丸いことを知る。

存外可愛らしいところもあるものだ。そう思いながら小夜は、鬼灯の隻眼が楽になるよう念じながら、布にくるんだ懐炉をあてがった。

「熱くはありませんか」

「ああ……。なるほど、これは確かに、心地好《い》い……」

「その、もう片方の目は大丈夫でしょうか。お怪我をなすったのですか」

「呪いで取られた。今のこの目は虚《うろ》も同然、温めても冷やしても、剣を突き立てても

何もない」

　どこか疲れたように言った鬼灯は、長く息を吐いた。体から力が抜けるのがわかる。相当疲れていたようだ。うつらうつらし始めた鬼灯の手が、小夜の長い髪の先を赤子のように弄《いじ》り始める。

「醜い俺に、こうも優しくできるとは。見かけによらず豪胆なのだな、お前は。あるいは度し難く慈悲深いのか？」

「どちらでもありません。私の目には、鬼灯様が醜く見えないのです」

「ふ。まだ意地を張るか」

「いいえ、本当です。どうしたら信じて頂けるのかしら」

　眠気も手伝って、小夜の口調が幼さを帯びる。鬼灯の唇が楽しそうに綻んだ。

　小夜がはっと気づいた時にはもう、火蔵御殿に朝が訪れていた。いつの間にか眠りこけてしまったらしい。

　膝にはまだ鬼灯がいて、その目を閉じていた。規則正しい呼吸音が聞こえるから、眠っているのだろう。

　神が眠る姿を近くで見たのは初めてだ。朝日に照らされた鬼灯の睫毛《まつげ》が、紅色を帯びた茶色であることに気づき、こんなところまで美しいのかと感動した。

じっと見惚《みと》れていると、ぱっと鬼灯の目が開き、まともに視線がかち合った。目を逸《そ》らせばいいのに、出来なかった。堂々たる金をその内に宿した隻眼の、あまりの引力に釣り込まれてしまい、蛇に睨まれた蛙の如く、逃げられない。

「お……おはよう。──ああ、おはようございます、鬼灯様」

「お前の眼差しは良いな」

鬼灯は目を細めて笑う。

「まるで自分が善いものになったような錯覚を味わえる」

＊

急場しのぎの本棚は、即席のわりにはその効果を発揮した。本の子たちをそこに誘導し、閉じ込めることで、彼らの乱暴ぶりに悩まされることはなくなった。

この機を逃す鬼灯ではない。彼は作業部屋に二日籠り続け、そうして依頼された本箱を完成させた。

台所に置かれた卓の上、椅子に座って鬼灯と小夜は食事を共にする。

と言っても、鬼灯は何かを読みながら食べることがほとんどで、小夜との会話らしい会話もない。

けれど、だからと言って気づまりというわけでもない。

今までかき込むだけの食事しかしてこなかった小夜にとって、誰かと共に食べるというだけで新鮮だ。

それに、鬼灯はいつも書物と首っ引きになりながら食事をするのだが、それが見ていて楽しい。

――今ちょうど本が面白いところなのかも。

そう思うのは、鬼灯の箸が先程から魚の揚げ物をつかみ損ねているからである。片手で食べやすいものということで、揚げ物は全て一口で食べられる大きさに揃《そろ》えた。本から目を離して、ちゃんと食べればいいのに、横着をするからそうなるのだ。

「……おっと」

鬼灯はたいてい、自分の失態に自分で気づく。

それから失態などなかったような顔をして、改めて箸で皿の上の物を摘まむのだ。

そんな鬼灯がおもむろに口を開いた。

「今日の夕方、客がここへ来る」

「お客様ですか。やはり神様であらせられるのでしょうか」

「本を司る神だ。名は扇《おうぎ》という」

そう言って鬼灯は箸を置いた。

「扇は俺に、本の子たちを集める為の本箱を依頼していた。先程完成させた品だな。あいつに言えば、この屋敷の本の子たちを全て持ち帰ってくれるぞ」

「それは朗報でございますね！」

「ああ。騒がしいのが減れば、屋敷の中の本たちも少しは大人しくなるだろう」

これでもう悩まされずに済む。大食堂の掃除にも手をつけられるようになるに違いない。そう考えて胸を撫で下ろす小夜に、鬼灯が言った。

「扇にお前を見せびらかしたい。少し顔を出してくれるか」

「ご挨拶をさせて頂けるのですね。承知致しました」

本を司る神への挨拶。小夜は少しだけ不安になる。

ろくな着物も着ていない上に、化粧もしていない自分は、掃除人としても貧乏くさく見えるだろう。とても鬼灯の屋敷にいて良いような人間ではない。

せめて身づくろいだけでも、と言いかけた時だった。

何かが弾ける音がして、視界の端で何かが光った。次の瞬間、鬼灯以外の神気を感じ、小夜はぱっと振り向いた。

台所の戸口にしなだれかかっていたのは、栗色《くりいろ》の髪を持つ男神だった。

「扇か。玄関から入って来い」

「まあまあ、俺とお前の仲だろう」

男神は眼鏡をかけ、涼し気な面立ちだった。薄水色の着物をきっちりと着こんで、雀色の羽織を重ねているのが粋である。

扇、本を司る神。白檀《びゃくだん》の香り漂う伊達男《だておとこ》の、悪戯《いたずら》っぽい目が、小夜を捉えた。

「何だ鬼灯、ついにお前も嫁取りをしたか！　そうならそうと早く言え、祝言には駆け付けたものを」

「誰がお前など祝言に呼ぶか」

「まあ俺も呼ばれなくて助かったよ。こんなに可憐な花嫁と、醜男《ぶおとこ》のお前が、雛人形《ひなにんぎょう》のように並んで座っているなど、想像しただけで噴き出してしまいそうだからな」

醜男。扇は今鬼灯のことをそう言った。小夜の目の前で鬼灯から逃げた花嫁と同じことを言っている。

小夜の目には、全く醜く見えないのに。どういうことだろう。

考え込んでいると、扇が小夜の頭に手を伸ばす。女性のようにたおやかな手が、小夜の艶やかな髪に触れる寸前、爆《は》ぜるような音と共に、焔色の火花が散った。

「痛ッ」

扇は猫のような素早さで手を引っ込めた。その指先は微かに黒く焦げ付いている。

「鬼灯ィ……！　お前なあ、いくら花嫁が大事だからって、ここまで厳重な術を仕込むか!?」

「不埒《ふらち》な考えで触れようとするからそうなる。自業自得だ。とは言え、強化した加護ではあるが」

不機嫌そうな顔をした鬼灯は、小夜を後ろから抱いて羽織に包んでしまった。すっぽりとくるまれ、顔だけを出している小夜は、背中に鬼灯のしっかりとした体軀《たいく》を感じる。勝手に心臓が跳ねた。

「あ、あの鬼灯様、今のは一体……」

「言っただろう？　お前に仇なすものは皆、我が焔にて灰燼に帰す定めと」

小夜の体に潜り込んだ、あの橙色の勾玉。あれが扇の手を弾いたのだろう。

「扇様は、私に仇なすものではないかと思いますが」

「不埒な考えで触れようとした、それだけで十分だ」

扇は苦笑しながら、手をひらひらと振った。黒ずんだ指先が、まるで煤《すす》を払い落としたように、元の白さを取り戻す。

「全く、さっそく見せつけやがったな。新婚の家に来るとこれだから困る」

そう言って扇は片眉を器用に吊り上げた。

「嫁取りはしないと豪語していたじゃあないか、お前。どういう風の吹きまわしだ」

「宗旨替えをしたんだ。花嫁というものは……良いな」

真顔で惚気《のろけ》る鬼灯の腕の中に、小夜はまだ抱え込まれたままだ。落ち着かない鼓動を鬼灯に聞かれやしないかとひやひやした。

「しかしお嬢さん、いくら火の神とは言え、よくもまあこんな呪われた醜男と婚《くな》いだものだ」

「私にはお美しい神の御姿《おすがた》に見えます。それに、花嫁というのは便宜上の立場で、今はこちらの掃除人をさせて頂いているのです」

「おやおや、そう言えと躾《しつ》けているのか、鬼灯」

「いいえ、鬼灯様は本当に美しいです！」

美しいと言わせられているわけではない。真実鬼灯は美しいのだと、小夜は懸命に訴えた。するとと扇はからかうような笑みを浮かべ、

「誠か？　俺の目には、この火の神は酷く見えるがな。鼻は殴られたようにひん曲がっていて、肌は焼け爛れている。唇はかさついて土気色、病気の鼠のような有様だ」

と、恐ろし気な声音を作って言う。

「俺だって、鬼灯に劣るとは言え神の端くれだ。その俺に、よもや嘘などついていまいな？」

「はい。天地神明に誓って、鬼灯様はお美しくていらっしゃいます。……御姿だけで

はなく、その手から作り出される物も」

小夜は真実を述べている。だから、扇の前でも堂々と、鬼灯は美しいと言うことができた。自分のことには全く自信のない小夜だけれど、鬼灯のことならば心の底から讃《たた》えられる。

すると、鬼灯はにやにやと笑みを浮かべながら小夜を見下ろした。

「ほう。俺は美しいか、小夜」

「はいっ！」

「とまあ、こんな健気《けなげ》な花嫁なのだ。見せびらかしたくなる気持ちもわかるだろう」

言われた扇は苦笑して、

「掃除人と言っていたが？」

「そう言って誑《たぶら》かしたのだ。いずれ名実共に花嫁となる」

うそぶく鬼灯に、扇はさらに苦笑して、それから小夜の顔を覗き込んだ。

「お嬢さん。神にとって、人間の花嫁がどういう意味を持つか――ご存じかな？」

唐突な問いかけ。小夜は、石戸家で漏れ聞いた言葉をかき集めて答えた。

「人間は神に嫁ぐことで、その神との繋がりを強くし、加護を頂きます。神は、花嫁を通じてその御力を強くすることができる、と聞いたことがあります」

それだけではない。神は、人間の花嫁によってその存在を強調される。

人間の手のひらが、神の形を縁取るから、神は存在を保っていられるのだ。

小夜の言葉に扇は頷いた。

「無論、人間が神を拝むだけでも十分な力になる。けれど、それをも凌駕《りょうが》しうるのは、一人の人間が生涯をかけて、その神を愛し抜くことなんだ。ゆえに神は人を娶《めと》り、人に加護を与える。自らの存在を確固たるものにするために」

「人に拝まれず、愛されなかった神は、形を失う。神としての権能は失われないが、その姿は誰にも見えず、その声は誰にも届かない。──俺の末路かも知れんな」

鬼灯は独り言のように呟く。その声に潜んだ微かな悲しみに、小夜は思わず顔を上げた。相変わらず後ろから抱き込まれていたせいで、久しぶりに鬼灯の金色の目を見たような気がする。

鬼灯は優しく口元を緩めた。

「ん？　どうした」

「……いえ。何でもありません」

私がそうはさせない、と言うのは、掃除人には出過ぎた物言いだろう。そう思って小夜は出かかった言葉を飲み下した。

新婚夫婦をひとしきりからかった後、扇はにっこり笑って言った。

「さて、そろそろ本題に入らねばな。頼んでいた『本の子』たちの遊び場が完成したと聞いた。見せてもらえるんだろう？」

鬼灯が扇と小夜を案内したのは、彼の作業部屋だった。

戸口で会話をしたことはあるが、中まで入るのは初めてである小夜は、物珍しそうに作業部屋を見回している。

存外広い、八角柱の部屋だった。床は大理石でできていて、天井がとても高い。

本の神は、鬼灯に誘われて作業台の上の物を見つめる。

それは、小夜の背丈くらいの大きさだった。

上と下の円盤を、何本かの細い木が繫いでいる。鼓を縦に置いたような印象だ。黒く塗られていて、鼓の胴の部分には、躍動する馬の絵柄が螺鈿《らでん》で描かれていた。

上のつまみを回すと、内側の絵柄が回転し、螺鈿の馬たちが自在に駆けたり跳ねたりする様が見えた。馬は皆違う色や毛並みをしていて、その細かさに小夜は見入った。

扇は嬉しそうな声を上げた。

「なるほど、回転木馬《めりーごーらうんど》を模した本箱か」

「回転木馬？」

「お嬢さんは見たことがないかな？　舶来の遊具で、馬だの馬車だのを模した椅子に座ると、床が回転するようになっている」

「床が回転……ですか」

遊具というからには楽しむものなのだろうが、床が回転することのどこが面白いのだろう。

疑問だらけの小夜の顔を見てか、扇は鬼灯の脇腹を小突いた。

「今度街中に連れて行ってやれよ。可愛い新妻を見せびらかす良い機会だ」

「ふん、街にあるのは、人間のを模した出来損ないだろう。あんなのよりすごいもの

を庭に作って、いつでも使えるようにする」

「言うねえ。さすがは火の神、物造りを司る神様であらせられる！」

ふざけて道化たお辞儀をした扇は、回転木馬に触れる。

「で？　これがどう本の子たちの遊び場になるんだ」

「その上のところを持って、引いてみろ」

上の宝玉を模したつまみを持って引いてみると、馬が描かれた胴の部分にうっすら

と線が入り、本箱が一段階外に広がった。からくり箱だ。

「おお、こんな仕掛けがあったのか！　……だけど、こんな小さな本箱じゃあ本の子

たちを全て納めることはできないだろ」

「俺を誰だと思っている？　小夜も中を見てみろ」

得意げに言う鬼灯に従い、小夜と扇は横から本箱の中を覗き込む。

本箱の中、異国の遊具の中では、数えきれないほどの本の居場所があった。

延々と続く本棚の群れ、巻物を置いておく棚、石板を重ねるタイル張りの床。

「ここでなら本の子も楽しく遊べるだろう」

「ああ、凄《すご》いぞ鬼灯！　本箱に、空間を広げる術を使ったんだな。一体何万冊が入るのやら」

「その本箱なら、中でいくら本の子が増えても問題ないし、彼らが退屈することもない。なにしろ本箱自体が回転木馬だからな」

「ありがたい。本は雌雄で増えるだけじゃあ飽き足らず、退屈させておくとどこかに飛んでいくからな」

扇は本箱を両手で持ち上げた。中にあれほどの本が詰まっているとは思えない。

「ではこの家の本の子も貰《もら》っていくとしよう。――『来たれ我が眷属《けんぞく》たち』」

腹の底が震えるような扇の声。それが波紋のように火蔵御殿に広がってゆく。

遅れること数秒、遠くから凄《すさ》まじい羽ばたきの音が聞こえて来た。

部屋の扉が勢いよく開いてなだれ込んできたのは本の子たちだ。巨大な群れと化した彼らは、扇の手にした本箱の中に吸い込まれてゆく。

低い場所に流れる水の如き滑らかさで本棚に収まってゆく本の子たち。凄まじい羽ばたきによる強風に、思わずよろけた小夜の背を、鬼灯の大きな手のひらが支えた。

永遠に続くかに思われた暴風は、唐突に止んだ。あれほどの羽ばたきであったのにもかかわらず、作業部屋の物は少しも乱れていない。

扇がにやりと笑い、本棚の取っ手を内側にはめ込んだ。

「さあて、これで屋敷の本の子は全てここに納まった。数千冊は納めたというのにまだ余裕があるのだから、便利な本箱を作ってくれたものだ！」

「こちらこそ助かった。本の子には随分と悩まされていたものだから」

「だろうと思って、この屋敷に本の子が嫌がる紋を刻んでおいた。いずれ効果は薄れるが、まあ向こうひと月はもつだろう」

まるで害虫のような扱いに小夜が密《ひそ》かに苦笑していると、扇が自分の袂《たもと》から一枚の羽を取り出した。

「謝礼だ、鬼灯。受け取れ」

微かに光を放つそれは、孔雀《くじゃく》の羽に似ていた。黄金色に見えるが、角度を変えると瑠璃色、淡藤色、常盤《ときわ》緑とその色を自在に変える。

それを手にした鬼灯は、子供のように無邪気な喜びを露わにした。

「極楽鳥の羽か！　助かるぞ、これで豊玉姫《とよたまひめ》様からの依頼が果たせる」

「うわ、お前豊玉姫様からの依頼も受けているのか。それなのに俺の本箱なんか作らせて、何だか悪かったな」

「何を謝る？　豊玉姫様だってお前だって、俺の依頼主だ。客に優劣はない」

鬼灯の言葉に、扇はふっと笑った。

「お前は本当に……。まあいい、ともかく結婚おめでとう。これは俺からの祝い品」

ぱちんと片目をつむった扇が、鬼灯に手渡したのは、和綴《わと》じの本だった。表紙には数字が書かれているらしい。

鬼灯は何気なくその本を開いて――ばちん！　と派手な音を立てて閉じた。

その顔はやけに赤らんでいる。怒っているような、照れてもいるような。

いずれにせよ、小夜が見たことのない、新鮮な表情だ。

「おま、お前……！」

「その様子からすると、お前とお嬢さんはまだ初夜も迎えてないんだろ？　そいつを参考にしてだな」

「やかましい！　こんなものは持って帰れ！」

鬼灯は険しい顔で扇に本を投げ返す。本が宙を舞ったその拍子に、小夜は中身をちらりと見てしまった。

「――！」

男女が睦《むつ》み合っている絵が描かれたそれは、春画を集めた本であった。

小夜が顔を真っ赤にするのを見て、扇は本を袂にしまいつつ、にまにまと意地の悪い笑みを浮かべる。

「ま、冗談はさておき。良い酒でも送らせるから、二人で仲良く飲むと良い。あとうちにも遊びに来いよ」

扇は楽しそうな笑い声と共に踵を返す。

玄関まで見送ろうとした小夜だったが、扇は来た時と同様に、火花が弾ける音と共に姿を消してしまった。

鬼灯がぼやく。

「玄関から帰れ、玄関から。……だがまあ、大食堂にいた本の子たちはこれでいなくなった。掃除ができるぞ」

「そうですね。今すぐ取り掛かりましょうか」

「明日で良い。大食堂には色んなものを放り込んでいたからな。一番骨が折れる場所だぞ」

作業部屋は二階にあるが、階段を下りてすぐの場所に大食堂はある。

だから、失敗作やら中途半端な作品を大食堂に放り込みがちで、中に何があるのか鬼灯でさえも把握出来ていないのだそうだ。

「いずれはこの作業部屋も試作品やら失敗作やらでいっぱいになる。その時はお前も手伝いを頼む」

頷いた小夜は、改めて作業部屋をぐるりと見回す。

鬼灯の作業部屋には、様々な大きさの鑿《のみ》や鎚《つち》、のこぎりや鏨《たがね》といった工具が並んでいる。

何に使うのか、見当もつかない道具もたくさんあったが、どれも革の上に整然と並べてあって、使われるのを待っている。

道具はきちんと並べられているが、肝心の作品は、しっちゃかめっちゃかに置かれている。

床に無造作に放られたお姫《ひい》様なりのからくり人形、額部分に仕掛け中の蒔絵を施された黒塗りの髑髏《どくろ》、硝子《がらす》でできた円柱形の飾り。透かし彫りの入った白い陶器は、蛍手《ほたるで》と呼ばれる技術が使われているのだと、鬼灯が説明してくれた。

鬼灯なりの秩序があるのだろうが、まるでおもちゃ箱をひっくり返したかのような乱雑さは、とても手が出せない。

「作業部屋の掃除は不要だと仰っていましたが……。確かに、私はここに立ち入らない方が良さそうです」

「術がかかっているからな。不用意に触れると危険だ。お前の腕を信頼していないわけではないぞ」

真面目な顔で言う鬼灯に頷いてから、小夜は尋ねた。

「鬼灯様は、物を作ることがお仕事なのですか」

「ああ。俺は火の神だ。火とはすなわち鍛造、鍛造とはすなわち物づくり。主に神々からの依頼を受けて、望む物を作っている」

「そうなのですね。先程扇様が仰っていましたが、豊玉姫様からの依頼というのは、あの豊玉姫様のことでしょうか」

　この国の神は、鬼灯や扇のように「火の神」「本の神」と属性をつけて呼ばれる。それは人間で言うところの役職名のようなもので、神としての力を失ったものは、別の神にその座を取って代わられる。

　だが不変の神も存在する。

　それが伊弉諾《いざなぎ》、伊弉冉《いざなみ》に代表される、古くからの神々だ。彼らは滅びず、衰えず、ゆえに代替わりもしない。

　扇と鬼灯が先ほど語ったように、新しい神々には人間が必要だ。人間たちが神を認識し、崇拝し、時には花嫁となってその身を確立させてくれるから、存在できる。けれど、古くからの神々は、人間がいなくても存在し続けることができる。それほどまでに強い存在なのだ。

　そして豊玉姫は、その古い神々に名を連ねる、高名な神である。巫の名家だって、生涯に一度お目にかかれるか分からない。

「ああ。その豊玉姫様だ」

「凄いです……！　鬼灯様はそんな方の依頼を受けていらっしゃるのですね」

「俺が凄いわけじゃない。俺の下には珍品が集まるから、それを欲しがるものも多いだけのことだ。そもそも豊玉姫様は、俺に首輪をつけるつもりで依頼をしたんだろう」

鬼灯の表情は硬い。

小夜が何か言う前に、彼はさっさと立ち上がった。

「今日の夕餉は牛鍋にでもするか。俺が作ろう」

「鬼灯様がですか!?　そんな、いけません、私がやります」

「俺は火の神だ。火を操るものなれば、竈《かまど》の扱いもお手の物——まあ任せておけ」

そう笑って鬼灯は部屋を出る。

その後を慌てて追いかけながら、小夜はどこかはぐらかされたような気がしていた。

＊

襖を全て取り払った広い客間に、ずらりと並んだ豪奢な振袖たち。

それは全て、小夜の母のもとへ集まってきたものだ。

小夜の母は、着物の穢《けが》れを祓《はら》う力を持つ巫だった。

持っているだけで不運が起こると言われていた浪花《なみはなの》丸模様の小袖は、母が着るだけで軽やかな他所《よそ》行きに早変わりした。若い娘が袖を通すたびに、女の恨めしい泣き声が聞こえるという海棠《かいどう》文様の振袖は、母が撫でると元通りのきらめきを取り戻した。

母の纏う艶《あで》やかな振袖を見て、幼い小夜は感嘆の声を上げる。

「おかあさま、すごい。お着物に、桜がずっとちらちら舞っているわ」

「私が綺麗にしたからよ。この振袖は由緒正しいものだったから、それだけ埃も溜《た》まってしまっていたけれど、もう大丈夫」

「きれいにしたの？　すごいわ、おかあさま！」

「ふふ。でも小夜の方が、もっと凄いことができるのよ？」

母は微笑んで小夜を抱き上げる。

彼女のまとった振袖には、豪奢な桜の図柄が描かれていた。そこから降り注ぐ白色の花弁が、いつの間にか畳の上に溢れている。

一歩進むたびに、雪のように舞い上がる花弁が、二人を包み込んでいる。

「さよも、おかあさまみたいになれるかしら。神様が、すごいわって褒めてくれるような、そんなかんなぎになれるかしら」

「なれるわよ。だってあなたの気は、他の誰よりも清浄だもの。それにあなたにはお祖母様《ばあさま》譲りの祓いの才がある。いかなる穢れも呪いも清めてしまえるような、そんな慈悲の力を感じるの」

小夜の母は、微かにその柳眉をひそめた。

「……と言っても、それがあなたを幸せにしてくれるか分からないけれど。才能豊かなあなたが、何か大きなものたちの争いに巻き込まれてしまわないか、お母様はそれだけが心配だわ」

幼い小夜には母の話す言葉の半分も分からなかったが、すぐに優しい微笑みを取り戻した母に、安堵の笑みを浮かべる。

「大丈夫！　汚れたら拭けばいい。つまずいて転んだら起き上がればいい。だってあなたは一人じゃないんだから」

桜の花弁はいよいよ吹き荒れ、小夜の視界が白んでゆく。

母に抱き上げられていたはずなのに、その姿は桜吹雪にまぎれて消えて行ってしまう。小夜は幼子のように両手を突き出し、叫んだ。

「お母様……！」

はっと気づけば、そこは火蔵御殿の自室だった。

寝台にも慣れてきたところだったのに、どうしてこんな不思議な夢を見たのだろう。

小夜は首を傾げながら、寝返りを打って眠りに戻った。

三章　牡丹印のモダンガール

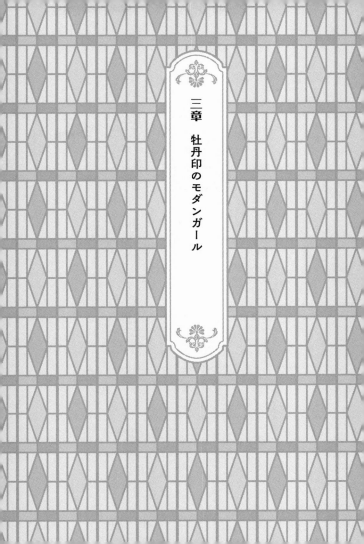

本の子がいなくなり、ようやく小夜が足を踏み入れた大食堂は阿鼻叫喚《あびきょうかん》だった。

「これは……」

小夜は物の積み上げられた一角を呆然《ぼうぜん》と見上げる。

天井がやたらと高いのがこの火蔵御殿の特徴だが、それにしたって床から天井まで、失敗作の柱を作る必要はないだろう。

かなり絶妙な塩梅《あんばい》で積み上げられているせいで、なぜか崩すのが惜しいような気がしてしまうのが不思議だ。

その柱を、鬼灯が注意深く崩す。すると、せっかく掃除してできた空間が、あっという間に埋め尽くされてしまった。諸行無常という言葉が小夜の脳裏をよぎる。

「さすがにこれは俺も手伝おう。手順を教えてくれ」

「いえ、掃除は私の仕事です。鬼灯様はお仕事をなさっていて下さい」

「このガラクタの山を作った責任くらいは取らせて欲しい。頼む」

何度か押し問答をした末、鬼灯にも掃除を手伝ってもらうことになった。

何しろ断ろうとすると、鬼灯は小さな声で「俺は邪魔か」と肩を落とすのだ。大きな男が背中を丸めていじけている姿を見て、はい邪魔です、と言えるほど、小夜の心臓は強くない。

鬼灯の手にかかれば、全ての品を物作りに役立てることができる。とは言え、今すぐに必要でないものは、部屋を気持ちよく保つためにも、処分する必要があった。

「これは、誰かの夢の残滓《ざんし》だな。処分してしまおう」

「夢の残滓って、お茶の出がらしに似た見た目なのですね。そもそも夢がこうして見えるのも不思議ですけれど」

「見えるようにした。獏《ばく》の依頼だったから、無下にもできなくてな。あいつの機嫌を損ねると地味な悪夢を見させられるから嫌なんだ。素晴らしい設計図を思いついたと思ったら全て夢の中の幻だった、なんてこともあった」

「それは……嫌ですね……！」

鬼灯は今必要なものと、そうでないものを選《よ》り分《わ》けていった。

「これは――暴れまわる天馬の毛か。入手困難な品だったからなあ。とっておくか」

「天馬とはどういう生き物なのですか？」

「舶来の生物だ。あちらの言葉で、ぺがさす、というらしい。角と翼が生えた白い馬で、気に入らない人間にはその角を突き刺すんだそうだ」

「まあ、そんな暴れ馬の毛なんですね。まだ使えそうですけれど、何に使うことが多いのですか？」

「惚れ薬に使用することが一番多いな。あとは組み紐に編み込んで加護を得るか……。いや、でも量が中途半端だな」

さんざん迷った結果、鬼灯はその毛を塵屋に売ることに決めた。

二人の作業はとんとん拍子に進んだ。鬼灯が迷うと、小夜は優しく急《せ》き立ててやらなければならなかったが。

そうこうしているうちに床が見えてきた。長い食卓の上にはまだ大量のガラクタが載せられているが、それでも大きな前進だ。

鬼灯は物を詰め込んだ木箱を軽々と持ち上げた。恐縮する小夜に微かに笑いかけ、鬼灯は木箱を庭に置きに行った。塵屋はじき来るだろう。

残された小夜は、床の見える部分を箒で掃き、暖炉にかかった蜘蛛《くも》の巣をそっと取り除いた。

その拍子に、暖炉の奥に、ちらりと光るものを見つける。暖炉は全く使われていないので、中は空っぽのはずなのに。

不思議そうに首を傾げた小夜は、その暖炉の中に手を伸ばしてみた。ほとんど暖炉に潜り込むようにして手にしたそれは――。

「鳥の、木彫りの置物？」

暖炉の中にあったためか、黒く煤けてしまっている。

足の細い部分も木で再現されているし、目には赤い宝玉が埋め込まれていて、よくできた代物だ。仔猫《こねこ》ほどの大きさもあるそれは、どこか温かみがあって、小夜は何だか懐かしい気持ちになった。

「鬼灯様が作ったのかしら。あんな所に放り込まれていたから、右足の先が少し欠けちゃってる」

小夜はしげしげと置物を見つめる。欠けたのはかなり昔のようだ。断片が摩耗しているし、埃を被っている。

見覚えのある、懐かしい置物だった。少し小首を傾げたような姿なのが愛らしくて、小夜はくすっと笑う。

蝶の耳に置物の声は聞こえなかったから、もしかしたらもう寿命が来ている物なのかもしれない。けれど捨ててしまうのがもったいなくて、小夜はそれを暖炉の上の所に大事に置いた。

戻ってきた鬼灯と共に、部屋の掃除を再開する。掃除の呼吸を摑んだ二人は、せっせと手を動かして一気呵成《いっきかせい》に掃除を終えた。

黒白の市松模様の床を小夜が磨き終えると、大食堂は見違えた。今すぐにでも夜会を開けそうなくらいだ。

「綺麗になったな！　あとはこのやりかけの品を二階に持って行って……ん？」

鬼灯が暖炉の上の鳥の置物に気づく。

「これは何だ？　見覚えがない」

「この部屋の暖炉の中にありました。鬼灯様の物ではないのですか」

「ああ。作った記憶も買った記憶もない。火蔵ならともかく、俺の知らない物が屋敷の中にあるはずないんだが」

訝《いぶか》しそうな顔になった鬼灯は、

「……危険だ。燃やすか」

「えっ」

「万が一これが呪いの類だったらどうする。俺の目を掻《か》い潜《くぐ》ってこの家に入り込んだ時点で怪しい」

「でも、それは……」

鬼灯は黙ってそれを両手で摑んだ。

火の神の業火が手のひらに燃え上がろうとしたその瞬間、小夜の脳裏にある言葉が閃《ひらめ》いた。

「『牡丹《ぼたん》』……！」

その瞬間、鳥の置物がかっと光を放つ。七色の光は形を歪めると、花火のように飛び散った。

目の前が白んで視界が利かなくなる。何度も瞬きをして、ようやく戻ってきた視界に現れたのは、一人の女性だった。

墨染めの小袖に牡丹柄の帯、レースの半衿《はんえり》が洒落ている。

艶やかな黒髪を今風の、モガと言われるような短髪にし、肩の辺りで軽やかに巻いている。

小夜に向けられた女性の目は爛々と赤く、まるで柘榴《ざくろ》のように輝いていた。

「小夜様、お久しゅうございます！　燃やされる前に名を思い出して頂けて、命拾いしましたわ！」

女性は小夜を強く抱きしめる。向こうの方が小夜より背が高いので、自然と彼女の胸元に顔を埋《うず》めるような形になった。

ふわりと香る花の香りが、小夜の記憶をますます強く蘇《よみがえ》らせる。

小夜は恐る恐る彼女の「名」を呼んだ。

「牡丹？」

「はい、牡丹にございます。覚えていらっしゃいませんか？」

「……あの牡丹なの？　お母様と作った、鳥の木彫りの置物の？」

「はい！　その牡丹でございます」

にっこり笑う牡丹の顔を呆然と見つめる小夜。

と、そこに鬼灯が割って入った。母猫が人の手から子猫を取り返すように、牡丹から小夜を引き剝がし、警戒心も露わに牡丹をねめつける。

「小夜。彼女はお前の知り合いか？」

「知り合いというのでしょうか。昔、お母様と一緒に作った木彫りの置物でした」

「そうか、お前の母も巫だったな」

「はい。ですが、物に命を吹き込むような異能は持っていなかったはずです」

「異能がなくとも、巫が作ったものは、付喪神になりやすいものだ」

付喪神。長きに亘《わた》り人のそばにあった物が、神威《しんい》を帯びた存在。

火の神や本の神といった存在ほどの力は持たない。けれど、術を用いるまぎれもない神であり、ここ『異界』にも多くいる。

「お前が付喪神だとして、なぜ火蔵御殿《ここ》で存在できる？」

鬼灯の鋭い視線を真正面から睨み返し、牡丹が答えた。

「私は小夜様とお母様の手を離れてから、付喪神になりました。付喪神は、名を呼ばれなければ実体化することはできません。それが奏功したのでしょう。確かにこのお屋敷は付喪神にとって苦しい場所ですが、物なら安全ですから」

そう言って牡丹は、鬼灯を押しのけると、小夜の両手をしっかりと握った。

「お母様が亡くなられて、遺品整理の際に私は捨てられてしまいました。その際はどうなることかと思いましたが、こうしてまたお会いできて本当に良かった」

「あなたはどうしてここにいたの？」

「聞くも涙語るも涙な経緯を経まして、異界の塵屋に売り飛ばされたんです。そこの収集癖のある火の神様に、一山いくらのガラクタとして買われてから、ここに押し込められて、それきりでした」

牡丹は少し恨みがましく鬼灯を見る。鬼灯は考え込んでいたが、ややあって、

「そんなこともあったような気がする」

「ざっと五年前のことになりますでしょうか。まあ、燃やされなかったのでよしとしましょう」

そう言って牡丹は、また小夜を強く抱きしめた。小夜が彼女の背に腕を回したので、鬼灯は二人を引き剝がすのを諦めたようだった。

「何だか痩せていませんか、小夜様？　それに、なぜ火蔵御殿にいらっしゃるのですか？　ここは呪われていますから、巫といえど火の神の花嫁だけしか入れな――」

そこで言葉を切った牡丹は、凄まじい形相で鬼灯を睨んだ。

「まさか、火の神様、あなたが小夜様をかどわかしたのですか？」

「は？」

「ち、違うのよ牡丹、そうじゃなくって」

「確かに小夜様は優秀な巫の血をお持ちですが！　石戸家は水の力を持つ巫の家、火の神などとは相性が合いませぬ！　それを無理やり嫁にして、よもや小夜様をこき使っているのではないでしょうね？」

牡丹の着物の裾が、めらめらと燃えるようにはためいている。

いきなりの怒気にあっけに取られていた鬼灯だったが、

「違う」

と静かに否定する。

けれど短い否定の一言は、この付喪神の怒りに油を注ぐようなものだった。

「何が違うというのです！　火の神よ、あなたの力は認めますが！　穢れて醜いあなたの御身に、私の大切な小夜様を近づけるわけには参りませぬ」

「牡丹、違うのよ、聞いて！」

今にも鬼灯に飛びかかりそうな牡丹を、小夜は必死で引き留め、今までのいきさつを語った。

母が亡くなってから、石戸家で半ば使用人のような扱いを受けていたこと。

そんな中、水器を割ったという濡れ衣を着せられて家を追い出され、猩々に預けられたところを鬼灯に拾われたこと。

火蔵御殿に立ち入るため、便宜上花嫁になっているが、その実態は掃除人であるということ。

牡丹は良い聞き手だった。

反応が良いのだ。使用人として扱われていた話を聞いたときは烈火の如く怒ったり、かと思えば猩々が小夜を最上級と称したことには、我が事のように胸を張ったり。

いっそ愛らしいとさえ言えるその動きは、人間に懐いたカラスに少し似ていた。

「というわけなの。だから私は、鬼灯様のお家に置いて頂いているというわけね」

「理解致しました。それにしても石戸の旦那様はどうしてそこまで性根がお腐り遊ばしたんですか？　悪い物でも召し上がったんでしょうか。拾い食いとかしそうですし」

牡丹の生真面目な罵倒に、鬼灯は深く頷く。小夜は小さな声で、

「お父様は、ただ私に幻滅されたのだと思うわ。お義母様も義理の姉も、凄い異能をお持ちだから」

「いえ！　小夜様に敵う異能はそうそうございませぬ」

「私に異能はないわ。物の声が聞こえるというのは、物の数には入らないでしょう。それでもお掃除のときはだいぶ役に立っているのだけれどね」

牡丹はきょとんと首を傾げる。

「小夜様の異能は、物の声を聞くことだけではないでしょう？」

「えっ？」

「あなたのお母様がどれほど凄い巫だったか。どんな来歴の着物も一瞬にして清めてしまうのですよ？　その血を引く小夜様の異能ですもの、それだけではないはずです」

小夜は困ったように笑う。けれど本当に、異能を持っていないのだ。この付喪神をがっかりさせてしまうのは忍びないけれど。

小夜の戸惑いなどつゆ知らず、牡丹は喜色満面で小夜を見つめる。

「私にとって、自分をこの世に生み出して下さった小夜様は、大切な主です。ですからどうか、末永くお仕えをさせてください」

「そんな、主だなんて」

「いえいえ！　さあ、我が主が掃除人として働くのならば、付喪神としてはそれをお手伝いするのみです。炊事に掃除に洗濯、この牡丹にお任せあれ、ですよ！」

腕まくりをして、えっへんと胸を張る牡丹。

生まれてこの方、人を使ったことなどない小夜は、困ったように牡丹を見ている。

「でも、あなたはここにいると苦しいのじゃない？」

「あら、どうしてそうお思いになるんです」

「さっきこう言っていたわ。『確かにこのお屋敷は付喪神にとって苦しい場所ですが、物なら安全ですから』って。付喪神の姿で家事をするのは辛《つら》くないかしら」

牡丹はぱち、ぱちと目を瞬かせ、それから嬉しそうに笑った。

「相変わらずお優しい方。しんどいのなんて、小夜様のお顔を見ていれば吹っ飛んでしまいます。……それに、この火蔵御殿の性質上、致し方ありませんわ。小夜様だって巫ですから、お辛いでしょう」

「火蔵御殿の性質？　いいえ、私はちっとも苦しくないわ」

「ご存じないのですか？　ここ火蔵御殿は、呪われた場所なのですよ？」

そう言ってから牡丹は、ぎろりと鬼灯を睨みつけた。

「あなた、説明していないのですか？」

「小夜には俺の加護を与えてある。火蔵御殿は、彼女を苦しめるような真似はしない」

鬼灯はそれきり説明をしなかった。牡丹はぎりぎりと奥歯を嚙み締めながら、目の前の火の神を睨みつけていたが、小夜の困惑した眼差しに気づいて、止めた。

「牡丹、あのね。私は鬼灯様に拾って頂いたの。何の価値もない私を、掃除人として迎え入れて下さったのよ。それにあなたはさっき、ここが呪われた場所と言っていたけれど、私は元気よ。むしろここへ来てから三食ご飯を頂けるぶん、太ってしまったくらいだわ」

「その華奢ななりで、太ってしまった、ですって？」

牡丹は不満げに鼻を鳴らす。

「……まあ、少なくとも今は衣食住に不自由していないようですね。小夜様を掃除人としてこき使うなんて、孔雀の羽で尻を拭くようなものですが！」

「牡丹、下品よ」

「失礼、つまりは豚に真珠と言いたいわけです。まあ、害がないのであれば、牡丹は一旦引き下がります。小夜様にここのことを説明していないのは、不誠実だと思いますけどね」

牡丹の嫌みを受け流し、鬼灯は話を変えた。

「ちょうどいい。大食堂の掃除が終わったら、次は火蔵の掃除を頼みたいと思っていたんだ」

「火蔵。あのお庭にある、大きな蔵でございますね」

屋敷内の掃除が終わったら取り掛かってほしいと、初日に言われていたことを思い出す。

鬼灯は頷いて、

「この屋敷にも掃除する余地は大いに残っているが、それはおいおい片づけよう。元々火蔵の方が切羽詰まった状態だったから、人手が増えたのはありがたい」

「火蔵の方が切羽詰まった状態、とは？」

「やかましい、とでも言えば良いか。苦情が来ているのだ」

「それは、周辺のお家からですか？　でも火蔵御殿の周りにお家はないようですが」

「違う。中にいる物から、狭いから早く整理をしてくれ、と頼まれているのだ。それに、早く返して欲しいと言われている預かり物もある」

鬼灯はため息をつき、それからちらりと小夜を見た。

「蝶の耳——物の声を聞く耳を持つお前ならば、適任だ」

*

石戸家の敷地には、舞を奉納するための舞台がある。白木の匂いも清々《すがすが》しい舞台の上で巫が舞い、神々をもてなすのだ。

桜の体は笛の音に合わせ静かに動く。扇子を体の一部のように操りながら、水の流れを表現するように、なめらかな舞を披露している。完璧な振り付け、完璧な動きはけれど、彼女がもてなすべき神を満足させはしなかったようだ。

水神の苛立《いらだ》った声が響いた。

「舞を止めよ。もう結構、その程度で儂《わし》を楽しませられると思うたら大間違いじゃ」

水の神の姿が霧に覆われ、その姿が朧《おぼろ》げになる。能面を着けているせいで、感情を窺うこともできない。

水の神の言葉に顔を強張らせたのは、神楽を演じていた桜だ。

美々しい振袖をまとい、手にした榊《さかき》も、完璧な作法に則《のっと》って準備したというのに、水の神は少しも満足していない。

しかも桜にとっては恐ろしいことに、水の神が舞を中断させるのは、今日が初めてのことではなかった。

「も、申し訳ございません、霧生様……！　私の舞が至らぬばかりに」

「何があったのじゃ、桜よ。以前はお前が舞うたびに、目の前に大輪の花が咲くようであったのに、今やその輝きはくすんでしまった。先程の舞も、暗闇の中を覚束《おぼつか》なさそうに歩む町娘のようにしか見えなんだわ」

「ま、町娘でございますか……!?　ですがいつも通り舞っております。潔斎も忘れておりませぬのに」

「言い訳は無用。儂が失望したのはこれが三度目じゃ。しばし身を慎み、次こそは美しき舞を見せておくれ」

次こそは——。それはつまり、次が最後の機会であるということだ。

桜は背筋に嫌な汗をかきながら、それでも竜巻に姿を変じて去ってゆく水の神を、平伏して見送った。

「一体どういうこと」

母親の冷たい言葉に、桜は震え上がった。水の神に負けず劣らず恐ろしい存在である彼女の母は、部屋の入り口に立ち、じっと桜をねめつけている。

桜はごくりと唾を飲み込むと、乾ききった唇を舐《な》め、

「多分、着物の清めが不十分だったのよ。あるいは日にち、いいえ、方角が悪かったのかも……」

「着物は私とお前で清めたでしょう。日にちと方角も間違っていない。そうでなければそもそも水神様はいらっしゃいますまい」

「じゃあ、どうして」

ここ数週間というもの、石戸家では、神へ捧げる舞や供物を受け取ってもらえない事態が発生していた。

それだけではない。親しい人間にはその顔を見せる水の神が、前回から仮面を着けるようになった。そして今日は霧に身を隠し、今にも姿を消してしまいそうなほどだった。

それはつまり、水の神の心が、石戸家と桜から離れていることを意味した。

石戸家は主に水の神に仕えている巫だ。水の神にそっぽを向かれれば、この周辺の

井戸は涸《か》れ、最近整備された下水施設にも影響が出るだろう。

このような場合は、他の巫の家に連絡してでも、水の神の気を惹《ひ》くのが普通だ。

けれど石戸家の高すぎる誇りが、他の家への連絡を押しとどめ、自らを追い詰める要因となっていた。

「ね、ねえ、小夜が水器を壊したことが原因ということはないかしら？」

「水神様は、水器を壊したことは許して下さったでしょう。――とはいえ、相手は神。今になってその件に怒っているのかもしれない」

「そうよ、それよ、だから結局小夜のせいね。いなくなっても面倒をかけるなんて、忌々しい子」

どこか安堵したように言う桜だったが、問題は解決していない。

母親は変わらず、冷たい目で娘を見下ろしている。

「もし水器が壊れたことで怒っていらっしゃるのならば、それをお鎮めする舞を捧げねば。お前も分かっているでしょう」

「わ、分かっているけど……！　おかしいわ、どうして私があの子の尻拭いなんか！」

「石戸家の人間だからよ！　巫の名家、水の神に関わることならば他の追随を許さない、そんな家であらねばならないの！」

声を張り上げた母親に鬼のような形相で睨まれ、桜は思わず震え上がった。

＊

しとしとと雨の降る朝だった。

「小夜様、今日の朝餉《あさげ》は鮎《あゆ》の焼いたのにおみおつけ、香の物でございます」

「ありがとう、牡丹」

牡丹が作った朝食は、簡素だが素材の味がよく活《い》かされたものだった。

付喪神である牡丹には食事は不要だ。だから用意されたそれを、鬼灯と小夜の二人で食べている。

朝食を終え、牡丹が食器を片づけてくれる。

綺麗になった食卓の上に、鬼灯が数枚の紙を差し出した。

何かの図面の横に、鬼灯の几帳面《きちようめん》な文字が小さく書き込まれている。蟻《あり》の行列にも似た、行儀の良い文字の群れ。

「今日はこれから火蔵の掃除に取り掛かる。そこには各階層の注意点をまとめておいた。あと、留意しなければならない物もいくつかあって、その説明書きも添えてある。まず一枚目の説明だが、これは……」

「……」

淡々と説明を続ける鬼灯。小夜は手元の紙と、鬼灯の顔とを交互に見ていたが、やがて膝の上で拳を握り締め、意を決したように口を開いた。

「申し訳ございません、鬼灯様」

「何を謝る？」

「……お恥ずかしい話ですが、私、ここに書いてあることがほとんど読めません」

鬼灯が微かに息を呑む音が聞こえる。

穴があったら入りたい程恥ずかしかったが、小夜は俯《うつむ》いたまま言葉を続けた。一気に話さないと、おじけづいた言葉が喉の奥に引っ込んでしまいそうだった。

「母は私に仮名の読み方は教えてくれましたが、その後すぐに亡くなりました。それから文字を教わる機会も、覚える時間もなかったので、難しい文章は読めないのです」

「……そうか。学校も行けなかったのだな」

「家のことをやらなければなりませんでしたから」

小夜は顔を上げ、無理やり笑ってみせた。痛々しささえ感じるその表情。

「ここに書かれていることを読み上げて頂ければ、覚えます。形式上とは言え火の神様の花嫁を名乗る身でありながら、こんな無教養な娘で、申し訳ございま、」

「いや。まず俺から先に言わせてくれ。――ありがとう」

思いがけない言葉に、小夜は目を瞬かせている。

無知を怒鳴られこそすれ、ありがとうと言ってもらえるようなことは何もしていないはずだ。

驚くというより戸惑っている小夜に、鬼灯は淡々と言葉を紡ぐ。

「文字が読めないことを俺に教えてくれて、ありがとう。自分の弱みを他人に打ち明けるのは、勇気が必要だっただろう」

「……っ」

「お前にそんなことを言わせてしまってすまなかった。だが心配するな。お前にその気があれば、俺はお前に文字を教える」

「鬼灯様が、私に？」

「ああ。できるだけ分かりやすく教えるよう努力する。その、扇に言わせると俺はどうやら、教える才能というものが欠けているらしいが……とにかく、努力する」

小夜は小さく息を呑んだ。

今にも泣きそうになりながら、けれど涙をこぼさぬよう唇を引き結んだ少女は、静かに強く頷いて頭を下げた。

「宜しくお願いします、鬼灯様。……それから、ありがとうございます」

「礼を言うのはこちらの方だ。お前はこの火蔵御殿で、文句一つ言わず働いてくれている。色々と聞きたいことや言いたいこともあるだろうに」

　鬼灯は自嘲的に笑う。

「ここは俺の自慢の屋敷だ。だが、呪われている。お前が『ここは一体どんな場所なのだ、どうして私をこんなところに連れて来たんだ』と俺を問い詰めても、不思議ではないのに。……どうして火蔵御殿のことを聞かない？」

「だってここは、怖い場所ではありませんもの」

　小夜は穏やかな声で応える。

「私は鬼灯様から加護を頂いていますから、火蔵御殿の恐ろしさはちっとも感じません。それに、ここは鬼灯様が、毎日真剣にお仕事をなさっている場所でしょう？　そのために、色々気を配られているのが分かります。たとえ呪われていたとしても、それは変わりません。私はそれだけ知っていれば十分ですし、鬼灯様が仰らないことを無理にお伺いしようとは思いません」

「俺の顔が醜くてもか」

「鬼灯様はお美しい神様です」

　小夜はきっぱりと言い放った。鬼灯は事あるごとに自分の顔の醜さに言及するが、小夜はそのたびにきっちりと否定する。

　扇や牡丹の様子を見るに、他の者には鬼灯は醜く見えているのだろう。きっとそれは、鬼灯の言う呪いと関係しているのだ。

けれどその呪いは小夜に何の影響も及ぼさないし、鬼灯が醜く見えたことなど一度もない。

だから小夜は、いつも彼女らしからぬ強い態度で告げるのだ。

「私は嘘などついておりません。鬼灯様はお美しくていらっしゃいます」

「……そのわりには、最近俺の美貌に慣れてしまったようだが」

「えっ」

「前は俺が少し見つめるだけで、林檎《りんご》のように顔を赤くしていたものだが、今では普通に話すようになった。美人も三日見れば飽きると言うし、仕方ないか……」

「ち、違います！　慣れてなどおりません、顔に出ないよう訓練したのです……」

そう、鬼灯は美しい。男らしい太い眉と薄い唇は、思わずなぞりたくなるほど完璧な線を描いているし、切れ長の隻眼は、時折琥珀色《こはくいろ》に輝いて小夜を惑わせる。

男性とあまり接したことのない小夜にとって、鬼灯の美貌は劇薬のようなもの。あえてその顔を直視しないようにして日々を乗り切っていたのに、こうして正面から見てしまうと、知らないうちに心臓が高鳴るのだ。

顔を赤らめる小夜を見、鬼灯はしてやったりとばかりに笑った。どうもこの神は、小夜をからかうのが好きらしい。

小夜は熱い頬に手を当てながら、ふと胸に兆した疑問を口にした。

「どうして鬼灯様は、私を拾って下さったのでしょう」

「お前を花嫁にしたかったからだが」

「お掃除をする人が必要だったから、ですよね」

「違う。お前が欲しかったんだ」

おからかいにならないで、と言いかけた小夜の腕を鬼灯が掴む。触れた所から、熱と神気がじわりと染み入って、小夜は落ち着かなそうにあちこちに視線をやった。

「お前も見ただろう、俺を醜いと言って婚姻の場から逃げ出す娘を。実はな、あれは六人目なのだ」

「ろ、六人目……。と言うことは、鬼灯様はそれまでにも、五人の花嫁をお持ちだったということですか」

とすれば小夜は七番目だ。その事実に、言いようのない困惑と不快感を覚える。

その感情の正体を探る間もなく、鬼灯が言葉を継いだ。

「皆俺の顔が醜いと言って逃げた。まあ、慣れているとは言え、さすがに六人もの人間に拒絶されると俺の心も参る」

神は、人間の花嫁によってその存在を強調される。人間の手のひらが、神の形を縁取るから、神は存在を保っていられる。

「人間から立て続けに自身を拒絶された俺は、神であるからこそ、深く傷を負っていたのだろう。……だが、お前は違った。俺の顔を見ても目を背けなかった。俺を拒絶せず、醜いと言わなかった。今もそう言い続けている」

「事実ですから」

ほらなと言って鬼灯は笑った。

「その言葉の真偽はさておき、一度口にしたことを曲げない、お前の意外な頑固さが好ましいのだ。……それに、勝手ながら仲間意識を抱いているということもある」

鬼灯は何かを懐かしむように目を細める。それは、どこか痛みを堪《こら》えているような表情にも似ていて、小夜は思わず手を伸ばし、鬼灯の腕に触れた。

火の神は伸ばされた小夜の手をしっかり摑んだ。大きな手のひらに両手を包み込まれ、小夜は顔を上げる。

「お前も俺も、いわれのない罪を着せられて、ここにいる」

「いわれのない罪……。鬼灯様もなのですか？」

「ああ。どれほど自分が無実だと叫んでも、誰も耳を貸してくれなかった。全ての言葉が、言い訳、言い逃れ、その場しのぎの嘘として聞き流され、一方的に罪を押し付けられた。あれほど惨めな……自分がちっぽけな存在だと痛感したことはない」

小夜は心臓が締めあげられるような心地がした。

それはまさに、小夜が石戸家で味わった感情に他ならなかったからだ。

あれほどの無力感を、この雄々しい火の神も感じたというのだろうか。

「お前もあんな気持ちを味わったのならば、それをできるだけ忘れさせてやりたいと思ったのだ。だからまあ、つまるところ——俺はお前に執着しているのだな。使い古しの結論で面白みもないだろうが」

「いいえ。そのお言葉を聞くたびに、いつも新鮮に驚いていますし……不遜ながら、嬉しいとも思っています」

「誠か」

「身に過ぎたお言葉だと分かってはいるのです。それでもやはり、嬉しいです」

小夜ははにかみ、それから鬼灯が寄越《よこ》した火蔵の説明書きに目をやる。

今は所々の仮名しか読めないけれど、これから全部読めるようになって、鬼灯の役に立つのだ。そうしなければ、鬼灯に恩を返せない。

「火蔵の掃除と文字の勉強を並行して進めることにしよう。火蔵の中では俺と一緒にいれば良い」

「かしこまりました。ありがとうございます」

「教材になるものを探してくるから少し待っていろ。早速始めよう」

深く頭を下げる小夜に、軽く頷いて、鬼灯は台所を出る。

鬼灯と入れ替わりのように入ってきたのは、牡丹だ。ぐずぐずと鼻を鳴らし、目元を赤く腫らしている。

「どうしたの、牡丹。どこか痛いの？」

「いいえ……。申し訳ございませぬ、私、小夜様のお話を立ち聞きしてしまいました。文字を習う機会がなかったと」

「ええ。恥ずかしい話を聞かれてしまったわね」

「小夜様のせいではありませぬ！　どうして……どうして小夜様がそのような扱いを受けなければならなかったのですか」

小夜には分からない。それは彼女がかつて、戸惑いながら口にした疑問だ。

どうして自分だけが、学校へ行かせて貰えないのか。新しい着物も買って貰えず、使用人のように働かなければならないのか。

いくら考えても答えは出ず、だから小夜はそれを己に問うのを止めた。

小夜は牡丹の手をそっと握る。先程鬼灯からもらった熱を、牡丹にも分け与えるように。

「でも、鬼灯様は文字を教えて下さると仰ったわ。だから私今とっても嬉しいの」

「……鬼灯様は六人の花嫁に振られた唐変木ですよっ。おまけに呪われていらっしゃるし、食べながら本を読むお行儀の悪いところがおありだし」

小夜は苦笑する。牡丹はどうやら鬼灯のことをあまり気に入ってはいないようだ。

けれど、どうかこの付喪神に伝われば良い、と小夜は思う。

自分は今、幸せなのだと。

＊

翌日、初めての文字の勉強を終えた小夜と、拙いながらも教師役をこなした鬼灯は、火蔵の前に立っていた。

何の変哲もない蔵だ。漆喰《しっくい》は白く輝き、瓦もまだ新しいものの、どこか時経たものの重厚な雰囲気を放っている。大樹を見上げる時の気持ちがした。

重たそうな南京錠《なんきんじょう》には何重にも封印の術がかかっているらしく、鬼灯はそれを一つ一つ解除し始めた。

術を解除するたびに、妙な気配が強まってゆく。火蔵の中に収められた物たちの声だろうか。

悪いものではなさそうだが、とにかく喧《やかま》しい上に、やけに力の強いものもある。

「ここを整理するのですか、鬼灯様」

「ああ。……物の声が聞こえるか？」

「はい。たくさん聞こえます。色々言いたいことがあるようですね」

「ううむ。いや、まあ、言いたいことはあるだろうな。うん」

いつになく歯切れの悪い鬼灯が、全ての封印を解除し終えた。重い観音開きの扉を押し開けると、真っ暗な空間から、どこか焦げ臭いにおいが漂ってきた。

「何かが燃えているようなにおいがしますが、火事ではありませんよね」

「ここの奥には、封印された俺の力の源がある。焦げ臭いのはそれゆえだ」

よく聞け、と言って鬼灯は小夜の目を見つめる。

「俺の力は、呪いによってこの火蔵の一番下の階層に封じられている。お前は絶対にそこに近づくな。俺の加護が正常に働くかどうか分からない」

「かしこまりました。……あの、鬼灯様は大丈夫なのでしょうか」

「何がだ」

「力を封印されたことで、体調を崩してしまったりしないのでしょうか」

鬼灯はその隻眼を大きく見開いた。小夜ははっとしたように、

「神様でいらっしゃるんですもの、大丈夫に決まっていますね。妙なことを言って申し訳ございません」

「……ああ、いや。驚いただけだ。俺自身を慮られたのは、初めてだったからな」

大きな手のひらで口元を覆った鬼灯は、どこか照れ臭そうに他所を見ていたが——

やがて、活を入れなおして火蔵の中に向き直る。

「一見すると普通の蔵に見えるだろうが、術を展開して内部を広くしてある。階層式になっていて、一階から地下百階まで存在する」

「百階でございますか……！　それは、お掃除しがいのある蔵ですね」

「そうだな。だがやることは同じだ。役目を終えたものを外に出し、必要なものを引き上げ、探し物を見つける。今日はこの探し物をこそ手伝って欲しくてな」

鬼灯はらしくもないため息をつく。

「預かり物なんだが、俺はどうやらそいつに嫌われているらしく、ここに放り込んだきり見つからない。そろそろ返してくれと言われているから、いい加減見つけなければ」

「なるほど。先方から催促されているのなら、早めに見つけなければなりませんね。それで、預かり物とは一体どのような？」

「着物だ。女物の着物で、春の神から預かっていた。簞笥があふれかえっているからと言って、俺に預けるか普通」

着物。その言葉に小夜の胸が躍る。

「春の神様の着物ですか。どんな柄なのでしょうね」

「あまり覚えていないが、虫がたくさんいたような気がする」

「春の神様のことですから、やはり蝶でしょうか。季節は違いますけれど、蜻蛉《とんぼ》も素敵ですよね」

「詳しいのか？」

「お母様が着物をたくさん残して下さいましたから。全て石戸家に置いてきましたが、柄は全て覚えていますよ」

珍しく胸を張る小夜に、鬼灯はふっと口元を緩めた。

「その着物の声が聞こえたら教えてくれ。では中に入るぞ」

鬼灯が一歩踏み出すと、たちまち周囲が明るくなる。壁に掲げられた松明《たいまつ》に次々と明かりがともり、火蔵の内部を露わにした。

一階は吹き抜けの天井になっており、艶のある黒木の床は、ひんやりとしている。そこに、白い布のかけられた大きい調度品たちが鎮座していた。眠っているかのように静かだ。彼らはここに在ることで満足しているのだろう。やかましいのは下の階層の物たちのようだ。

歩き出す小夜に向けて、鬼灯がすっと手を差し出す。

「ここには人間を惑わす悪戯好きの物もある。はぐれては事だからな」

「は、はい」

小夜はおずおずと鬼灯の手を握る。かさついて温かで、あちこちにたこのできたその手が、しっかりと小夜の手を包み込む。

　鬼灯が顔をしかめた。

「冷たい」

「も、申し訳ございません」

「いや責めているのではなく。きちんと食べているか？　夜は眠れているか？」

「大丈夫です！　その、多分、緊張しているのだと……思います……」

「今更何を。俺の花嫁だろう？　盃も交わした仲なのに」

「仕方がないのです。掃除人の仕事に、神様と手を繋ぐことは含まれておりませんから」

　やけになって言うと、鬼灯は上機嫌に笑った。

　あの鬼灯と手を繋いでいる。初めてでもないのにその事実が、小夜の心を落ち着かなくさせる。頭と体は熱いくらいなのに、手汗をかいた手のひらが異様に冷たい。

　自らの体温を分け与えるように、ぎゅ、ぎゅっと強く握りながら、鬼灯は火蔵の下を目指した。

　下層へ下りていくごとに、火蔵の乱雑ぶりはその度合いを増してゆくようで、小夜はくらくらした。

右手の方にあるのは、黒蒔絵の見事な飾り棚に、同じく蒔絵の施された硯箱《すずりばこ》だ。金《きん》箔《ぱく》の屛風の前にちょこなんと置かれている。

高貴な由来なのだろう、あちらから小夜に話しかけることはないが、好奇心を持ってこちらを観察しているのが感じられた。

左手を見れば、般若《はんにゃ》の能面が壁に五つほどかかっていた。まるで向かいの飾り棚と硯箱を見張っているかのような配置だ。

般若の角の先端は金と青で塗られていて、どこか異界の生き物を思わせる。

小夜がじっと見つめていると、一番端の般若面の目がぎょろりと動いて、小夜を睨みつけた。

『手出し無用』

「っ！」

「あの般若面は監視のためにある。つまり今は仕事中だから、あまりじろじろ眺めない方が良い」

「はい！　お仕事中に失礼を致しました！」

小夜は般若面に頭を下げると、鬼灯に続いてさらに奥へと進んだ。

そこは足の踏み場もない、というほどではなかったが、それなりに物でごった返していた。

艶を放つ漆塗りの仮面、羽衣のように薄い布地、截金《きりかね》細工の施された硝子の大皿、可憐な野の花が漉《す》きこまれた和紙。ろうそく。茶器。

それらが小夜の身の丈ほどにも積み上げられていて、今にもなだれ落ちてきそうだ。高そうな陶器の皿が木箱の間に無造作に突っ込まれていて、小夜ははらはらした。

「ここだ。この一角を整理してほしい。いずれも腕利きの職人たちが作ったものでな、どれも素晴らしい逸品だが、ここに置き続けるわけにもいかない。必要のない物は誰かに譲るなり売るなりしなければな」

「かしこまりました」

「俺は下を見てくる。火蔵を出るときは迎えに来るから、この階層から動くんじゃないぞ。ああ、着物らしい物があったらより分けておいてくれ」

そう言って鬼灯は階段を下りて行った。

残された小夜は、まずはどれだけ物があるのか把握しようと、奥の方へ足を踏み入れた。

その時だった。誰かが呼ぶ声が聞こえたのは。

「……?」

火蔵の中は、物たちの声で埋め尽くされていたが、その声はよく響いていた。

なぜかと言えば、その物は人間のように流暢《りゅうちょう》に話していたから。

『こちらじゃ、こちら。そう、良い子』

声は艶やかで優しく、それでいて気まぐれだ。小夜はその声から、猫の子を膝にのせてあやす、高貴なお姫様のような印象を受けた。

普通の物はここまで流暢に喋《しゃべ》らない。単語を発することができれば良い方で、小夜はその言葉にならない彼らの声を拾い上げて掃除に役立てている。

これほど人間らしく喋るのは、よほど持ち主に愛されている品なのだろう、と小夜は背筋を伸ばした。

「どなたですか？」

『もそっと前へ。そう、前へ……。手を出してみよ』

おずおずと右手を差し出せば、指先に触れる布の感触。

『うむ。良い気じゃ。火の神めが娶れたのが不思議な程、清らかな娘じゃのう』

それは一着の振袖であった。薄桃色で、桜の模様が織り込まれた良い布で作られているらしい。まるで着物掛けにかけられているように小夜の目の前に広がっていて、織りの見事さを存分に見せつけている。

手触りは絹かと思うほどなめらかで、けれどほんのり温かい。

少し違和感を覚えたのは、着物の柄だった。裾の方に黄緑色の七宝紋が入っているのだが、振袖の模様としては印象が薄いのだ。

「あなたは、鬼灯様の持ち物ですか？」

『否！　私があのような罪深い神の持ち物であるものか！　お前、存外阿呆《あほう》じゃの！』

「申し訳ございません！」

『私がここにいるのは、とある事情があってな。そうじゃ、お前火の神の嫁であろう。あやつめの秘密など何か知らぬか』

「秘密でございますか？　いえ、特には存じ上げませんが……」

そう言うと着物はちっと舌打ちした。

『何じゃ。ならばお前に用はない、とく失《う》せよ』

「失礼致しました」

頭を下げ、気配を消そうとする着物を見送ってから――小夜はふと、鬼灯の捜しものを思い出す。

「あ、あのっ！」

けれど振り返った先に着物の気配はなく、小夜がいくら辺りを捜し回っても、あのお姫様のように話す着物はついぞ見つけられなかったのだった。

それらしい着物を見つけたけれど、逃げられてしまった。

大量の荷物を抱えて戻ってきた鬼灯にそのことを話すと、火の神は特段小夜を責めもせず、

「気まぐれだからな。春の神以外に近づこうとしないが、春の神はここには入れない。だから俺たちで何とか捕まえる必要がある」

「あれが春の神様の預けられたお着物なんでしょうか？」

小夜は首を傾げる。確か、春の神の着物は、虫の柄が入ったものではなかったか。あの着物は、全く絵柄が入っていないというわけではないが、教えてもらった特徴と異なる。だから気づけなかったのだ。これは拙い言い訳だが。

そのことを告げると、鬼灯は怪訝《けげん》そうな顔になった。

「今火蔵にある、付喪神ほど自在に意思疎通のできる着物といったら、預かり物くらいしか思い当たらないが」

「そうなのですね。では、私に柄が見えなかっただけのことなのでしょう。高貴な方にしか見えない柄なのかもしれません」

「……いや、待てよ。確かこの辺りに見覚えのない物が」

鬼灯は焦ったように、荷物の中から数冊の本を取り出した。赤い革張りのそれを開くと、横書きの流麗な文字が見えた。小夜は文字がほとんど読めないが、それが外国の言葉であることは何となく予想できた。

頁をめくる鬼灯の手元から、ふわりと何かが舞い上がった。

虹色の蝶だ。

唐草模様のような触角をたなびかせ、ほのかに輝きながら、鬼灯からついと遠ざかり、小夜の頭の周りをひらひらと優雅に舞っている。

「着物の柄だ！」

「えっ？」

「それが春の神の着物の柄だ！　本の栞《しおり》に化けるとは、なかなか知恵が回るじゃないか。見逃すところだったぞ！」

言うなり鬼灯は手を伸ばすが、蝶はそれを嫌がるように天井高く舞い上がった。

鬼灯が何か呟くと、手の中に焔の塊が現れる。きっと術を用いて、あの蝶を捕まえる気なのだろう。

だが、小さいとは言え焔は焔だ。蝶を傷つけかねない。

「鬼灯様、少々お待ち頂けないでしょうか。あの蝶、怯えています」

「だがあれを着物に戻さんことには」

「私が説得してみます！」

鬼灯の前に立った小夜は、手を伸ばして蝶を呼ぶ。

「驚かせて申し訳ございません。あなたは、あのお着物の蝶でしょうか？」

『……』

「恐ろしいことは致しません。ただあなたを、元いた場所にお戻ししたいだけなのです」

虹色の蝶はしばらく検分するように小夜を眺めていたが、やがて小鳥が地面に降りるように、小夜の手に止まった。

そのまま小夜の着物の袂に潜り込んだかと思うと、小夜の着物の柄に浮かび上がってきた。ちょうど右袖の部分だ。

「わ、私の着物の柄になってしまいました。大丈夫でしょうか、鬼灯様!?」

慌てて自分の着物を見る小夜だったが、鬼灯は面白くなさそうにその様を見ている。

「春の神の着物の柄までもがお前を好むか。全く、好敵手が多すぎやしないか?」

「何のお話でしょう……?」

「言っておくがな、小夜と華燭の典を挙げたのはこの俺だ。ちょっと小夜の着物の柄になったからって、大きな顔をするなよ」

どうやら着物の柄に本気で釘《くぎ》を刺しているらしい。神とは時折人間の理解の及ばぬことをするものだ、と小夜はぼんやり思った。

「業腹だが、そのままでいてもらえるか。お前の着物は、一時的な避難場所としてはちょうど良いだろう。春の神の着物が現れれば、自然とそちらへ移るだろうし」

鬼灯はため息をついた。

「しかし、あの着物が俺の前に姿を現さない訳が分かった。この火蔵には、恐ろしい物や曰《いわ》くつきの物も多くある。この蝶を始めとした着物の柄たちは、それに怯えて、着物から逃げ出してしまったのだろう。だからあいつは俺を恨んでいるんだな」

「まあ……」

小夜は、自分の粗末な着物の柄として息をひそめている蝶を見下ろした。

この蝶も、火蔵の中に潜む物に怯えて、本の栞に身をやつし、隠れていたのだろうか。そう思うと何だかかわいそうになってくる。

「さぞや恐ろしかったことでしょう。必ず戻して差し上げなくてはなりませんね」

「捜し物が増えたな。春の神の着物本体だけではなく、火蔵に散逸した着物の柄たちまで捜さなければならないとは」

「頑張りましょう、鬼灯様」

前向きな小夜の顔を見、鬼灯は吐き出しかけたため息を飲み込んだ。

夕餉にうどんをすすりながら、鬼灯と小夜、そして牡丹は戦略会議を始めた。

「春の神様の着物の柄をお捜ししなければならない、ということですね」

言いながら牡丹は、小夜の着物の柄となった蝶を、指先でちょいちょいとつつく。

するとそれを嫌がった蝶は、生地の上を滑るようにして、反対側の袂に移動するのだった。

「この蝶は確か本の隙間に隠れていたんですよね？　蝶が潜んでいそうな場所を片っ端から捜すとか」

「火蔵がどれだけ広いと思っているんだ。薄っぺらい蝶が隠れられる場所なんていくらでもある。現実的じゃない」

「しかも蝶たちは鬼灯様に怯えてるみたいだし、そう簡単には出てきませんか」

小夜は薬味の皿を手に取りながら、ふと呟いた。

「向こうから来てもらうのが一番楽なのではないでしょうか」

「蝶から近寄るように仕向けるんですか？　どうやって？」

「春の神様の着物が呼べば、来て下さるかも」

小夜はちらりと鬼灯を見る。

「春の神様の着物は、私に『鬼灯様の秘密を知らないか』とお尋ねになりました」

「俺の秘密？　どうしてだ？」

「分かりません。ですが、秘密を教えると鬼灯様が仰れば、着物の方から姿を現して下さるかも知れません」

そう言ってから小夜は、おずおずと鬼灯を見る。

生意気なことを言ったかもしれない。気分を害したかもしれない。

不安に思っていた小夜だったが、鬼灯は特に気にした様子もなく、考え込むようにうどんを箸で摘まんだ。

「着物に明かすほどの秘密はないが、まあ相手が望むのなら、秘密の一つや二つ捏造《ねつぞう》するか」

箸から逃れたうどんが、とぽん、とつゆに落ちた。


翌日、文字の勉強を終えた小夜は、小箱を持って火蔵に入った。鬼灯も一緒だ。

鬼灯は昨日と同じように、小夜を残して下の階層へ下りていく。小夜は小箱を意味ありげに抱えたまま、ぽつりと呟いた。

「お望みのものを持って参りました」

物たちの囁《ささや》き声《ごえ》が、潮が引くように聞こえなくなり、その場を静寂が支配する。

やがて遠くの方から、衣擦《きぬず》れの音が微かに響いてきた。それは静かに、けれど確実にこちらに近づいてきている。

『鬼灯の秘密じゃな？』

暗闇からぬうっと現れたのは、薄桃色の着物。昨日小夜が出会った、春の神が鬼灯に預けた着物に他ならない。

小夜はどきどきしながら、大事な物であるかのように小箱を抱きしめた。

「ご覧になりますか？」

『その前に、我が眷属を返してもらうぞ。かわいそうに、独りで寂しかっただろう』

小夜の袂に着物が触れる。

と、袂に遊んでいた虹色の蝶が、ひらひらと着物の上に舞い戻った。

それはしばらく生地の上を泳いでいたが、やがて裾の辺りに落ち着いた。

『うむ？　お前、火蔵を彷徨っていたにしては、ずいぶんと綺麗ではないかえ？』

着物は妙な声を上げた。それからずいっと小夜に近づく。

自分の周りを水母《くらげ》のように漂っている着物に、目を白黒させていると、着物は唐突に叫んだ。

『何じゃ、お前は巫か！　それもかなり力の強い』

「巫の家の生まれではありますが、力はさほどございません」

『妙な謙遜は不要。それを早く言わんか。お前ならちょうど良い。ほら、両手を横へ上げてみせよ』

小夜が言う通りにすると、着物は素早く小夜に覆い被さり、腕に袖を通してしまった。

豪奢な着物を羽織る形になった小夜は、それを脱ぎ捨てることもできないまま、おろおろと周囲を見回している。

計画では、この小箱を使うはずだった。

鬼灯に与えられた小箱には、着物の力を封印する術が入っている。これを使うことで、ふわふわどこかへ行ってしまう着物を捕まえようという魂胆だったのだ。

けれど、まさか着物の方から捕まってくれるとは。

予想外の出来事に小夜が戸惑っていると、着物が満足そうなため息をついた。

『気分が良い。清めの力があるようじゃな、お前』

「清め？ 私の母には着物を清める力がありましたが、私には……」

『ではそれを受け継いだのであろうよ。ああ、ようやく安らげる。火蔵の中は煙とうて煙とうて、窒息してしまうところだったわ』

そう毒づいた着物は、ずしりと小夜にもたれかかる。見た目に反して重たいそれに、思わずよろけてしまう。

その背中をそっと抱き留めたのは、鬼灯だった。むすっとした顔で小夜を——いや、着物を睨みつけている。

少しだけ子供っぽいその表情に、小夜はどきりとした。

『何じゃ貴様！ 気配を隠して忍び寄るとは、不埒な奴《やつ》め！』

飛びのいた着物に引っ張られるようにして、小夜は鬼灯から引き剝がされた。

「俺の秘密なんて言葉に引き寄せられてくれる単純な奴で助かったな」

『む？　つまり火の神の秘密というのは、私をおびき寄せる囮《おとり》ということか！』

「理解が早いのも助かる」

『ふん。通常であればその態度、我が神に言いつけてやるところだが……。今日の私は気分がいい。この巫に着られていると、真《ま》っ新《さら》な、下ろしたての自分になったような心地がするのじゃ』

「どういうことだ？」

『この巫にはな、着物を清める力があるのよ。私好みの良い異能じゃ』

小夜は目を瞬かせながら呟く。

「私には異能がないはずです」

『異能がないということは断じてない。私が太鼓判を押してやろう。自信を持て、お前に着られているとなかなかに心地好いぞ』

褒められても小夜は戸惑いを隠せない。今まで石戸家では異能がないと言われてきたし、小夜自身も異能らしき能力が出現したという自覚はない。

けれど、この着物が小夜によって清められているというのは事実だ。

「私にも、異能が……？　本当に……？」

鬼灯はふと口元を綻ばせ、小夜の頭を撫でた。

「良い異能じゃないか。火蔵には他にも着物があるから、その清めも頼むとしよう」

「は……はいっ！」

掃除以外でも鬼灯の役に立てることがある。

そう思うと小夜は、今すぐにでも火蔵中の着物をかき集めて、清めたくなるような気持ちになるのだった。

「それにしても、着物を清める異能か。だからお前が化け物のように小夜に覆いかぶさっているわけだな」

『失敬な！　誰が化け物じゃ！』

着物はぐいぐいと袖を突き上げて抗議するが、そのたびに小夜も操り人形のように腕を上げるはめになる。

着物に文字通り着られている小夜を見、面白くなさそうな顔をしていた鬼灯も、さすがに噴き出す。

「今すぐ俺の花嫁から離れろと言いたいところだが、俺も鬼ではない。今の内にせいぜい清められていろ」

『何じゃその言い方は。大体お前は鬼も同然ぞ、何しろ天照大神様《あまてらすおおみかみ》の……』

着物が言いかけたところで、鬼灯が声を張り上げた。

「そんなことより朗報だ！　春の神がお前を返せと言ってきた。煙たい煙たい火蔵からようやく出られるぞ、良かったな」

『根に持つでない、陰湿な奴め。お前ももう分かっておるじゃろう。火蔵にあるお前の力に怯えて、私の柄が飛んで行ってしもうた。一羽は戻ったが、他にももっとたくさんいる』

「分かっている。でもこの広大な火蔵をいちいち捜すのは骨が折れるぞ」

『捜さずとも、私が呼べばすぐに来る。さあ巫の娘よ、いざや進め！』

独り張り切っている着物は、鬼灯を置きざりにして、勝手に火蔵の下層へと進んでしまう。

着物に操られるようにして磨き込まれた階段を下りると、薄暗闇にぽうっと灯る仄《ほの》かな光がいくつも見えた。

燐光《りんこう》を放つそれは、赤と金の蝶たちであった。小夜の手のひらの半分くらいの大きさで、ふわりふわりと小夜の頭上を飛び回っている。

誘うような動きに、小夜は魅入った。

『さあおいで、お前たち』

着物が優しい声で呟き、袖を伸ばす。

と、蝶たちが一斉に小夜を取り囲み、その周りをひらひら舞い始めた。金色の金粉が降り注ぎ、小夜の全身を光らせる。

『こら、こら。遊ぶでないぞ』

着物が楽しそうな笑い声をあげ、緩やかに回り始めた。羽織っただけの着物の裾が広がり、鱗粉《りんぷん》を受けて七宝のように輝いている。

遅れてやってきた鬼灯の目に飛び込んできたのは、薄桃色の着物を羽織った小夜が、全身に蝶を従わせ、優雅に回っている姿だった。

目を伏せた小夜の横顔は、はっとするほど美しく、鬼灯は声を漏らした。

「ほう」

巫の家に生まれた小夜は、たとえ使用人としての扱いを受けていたとしても、所作が綺麗だった。

そんな彼女が、春の神の着物を羽織り、目にも綾な蝶と遊んでいるのは、神を慰める舞のような清々しさがあった。

鬼灯は小夜の舞姿に見とれていた。鋭い神の眼差しが自らを射貫いていることに気づかぬまま、小夜は夢見心地で踊り続ける。

『さあさ、そろそろ戻っておいで』

着物の声に、蝶たちが次々と着物の柄に戻ってゆく。小夜が気づいたときにはもう、周囲の蝶は一匹残らずいなくなっていた。

代わりに薄桃色の着物には、美しい蝶の群れが舞い踊っていた。

無地のままでも十分に美しかった着物に、赤と金を基調とした蝶が乱舞する様は、豪奢そのものだ。

その中でもひときわ美しく輝く虹色の蝶は、右手の袂のところに堂々と収まっていて、それがこの着物を格別なものにしている。

『うむ！　これで我が神に堂々と対面できるというものじゃ』

「では、このまま春の神に引き渡すことで構わないな？」

『ああ。清められたこの美しい姿を、我が神にお見せできるのが楽しみでならぬ』

ふふ、と少女のように笑った着物は、小夜からふわりと浮かび上がった。

小夜は空中に浮かぶ着物を見上げる。心なしか、初めて見かけた時よりも輝きを増しているようだった。


鬼灯と小夜、そして着物が火蔵を出ると、既に日は傾き始めていた。

夕暮れに彩られた庭の上には、犬ほどの大きさもある白兎《しろうさぎ》がちょこんと座っていた。耳が長く、狐《きつね》の尾のようにさっと後ろに伸びている。

白兎は、着物を見るなりため息をついてこう言った。

『やっと現れたか。迎えに来たぞ、胡蝶《こちょう》』

『何じゃ。我が神が迎えに来て下さったわけではないのか』

胡蝶と呼ばれた着物は、ふてくされたように言い、ついと白兎の方へ向かった。

『君の出迎えなんて僕で十分だ。大体、我が神がこんな穢れた場所に足を踏み入れられるわけないだろう。……ったく、自分が行けない場所に着物なんて預けるか、普通？』

『我が神は、火蔵を便利な収納場所程度にしか思っておらんからのう。便利な上に安全じゃ』

『僕が言うのも癪《しゃく》だけど、君は価値ある着物だからね。火蔵が一番安全という点については、完全同意だ』

もっとも、と白兎は鬼灯を見やる。

『やはり呪われた火の神に預けるなど、蛮勇が過ぎると思うが』

『それは些《いささ》か礼を失した物言いじゃな。少なくとも私は、火の神の花嫁に清めてもろうて、だいぶ気分が良いからのう』

『はあ？　火の神の花嫁？』

白兎が真っ赤な目を瞬かせ、小夜を凝視する。

『本当だ。火の神の加護を受けた花嫁だ。しかも巫の血を引いている』

『加えて着物を清める異能も持っているぞ』

『清め……ああ、確かに。なるほど、だから君はそんなに機嫌がいいのか』

『ふふ。我が神は褒めて下さるかの』

『お気に入りだからね、君は。それがこんなに美しくなったのならば、喜ぶだろう』

そう言って白兎は、紅玉を嵌《は》め込んだような透明な目で、再び小夜を見つめた。

敏《さと》い白兎はくっと喉の奥で笑う。

『火の神には似つかわしくない花嫁のようだが……。まあ存外、呪いというものはあっさり解かれるのかもしれないね』

『おや、それはお得意の未来予知かえ』

『どうかな。さあ、そろそろ帰ろう。——火の神よ』

白兎は数歩歩み寄ると、人間のように頭を垂れる仕草をした。

『胡蝶が世話になった。春の神はお喜びになるだろう』

「これで味を占めて、俺の火蔵を箪笥代わりに使うなよ」

『さあ、お約束は致しかねるが、春の神は天照大神様の不興を買ったあなたを、大層お気に入りのようだから』

そしてちらりと小夜に視線を移す。

『奥方には胡蝶の清めまでして頂いたようで。いずれまた、お礼に参る』

『これにて失礼する。娘、また遊ぼうぞ！』

ひらりと袖を振り、胡蝶は空へと舞い上がった。白兎もそれを追って空に駆け上がったかと思うと、そのまま白い光となって弾けて消えた。

珍客を見送り、鬼灯と小夜は同時に小さなため息をつく。

「何だか、目まぐるしい一日でしたね」

「ああ。だが預かり物を返せたのは良かった。肩の荷が下りたぞ」

どっと疲れた様子の鬼灯は、けれど横目で小夜の姿を窺っている。

「着物を浄化する異能、だったか」

「はい。母と同じ異能を持っているなんて思ってもみませんでした……！」

小夜は喜びが溢れるのを抑えるかのように、両手の指先で口元を押さえた。

けれど、小夜には気になることがあった。先程の白兎と着物の胡蝶は、二人とも同じ言葉を口にしていた。

天照大神。

それはこの国における最高神、空を司る神の名だ。その姿を人間に見せることはないと言うが、太陽を自在に操ることができると言われている。

最も強い神、天照大神。その神の不興を買ったと、白兎は言っていなかったか。

一体どういうことなのか、と鬼灯に問うことも考えた。けれど、小夜はどうしても尋ねることができなかった。

夕暮れに照らされた、美しい男神の横顔が、苦しそうに歪んでいたから。

四章　宵町日和

魚の焼いたものに、たっぷりの大根おろしを添えたものと、具だくさんの味噌汁《みそしる》が、今日の夜の献立だ。

今日の作り手は小夜。

優しい味付けが、春の神の着物に翻弄された疲れを癒してくれる。

最近は畳の上に正座しながら膳で食べるのではなく、台所の小さな洋卓で、椅子に座って食べることが多かった。

元々鬼灯が、作業しながら食べるには洋卓の方が便利だということで取り入れたやり方だが、慣れてみるとこちらの方が食事中でも会話しやすい。洋卓の上いっぱいに小皿が並んでいる光景も、賑《にぎ》やかで楽しかった。

小夜は珍しく饒舌に、今日起こったことを牡丹に話していた。

牡丹はにこにこと笑ってそれを聞いていたが、その笑いを顔に貼り付けたまま、ぱっと鬼灯の方を見る。

「それで、鬼灯様？　着物のお話を聞いて、何か思うところはおありですか？」

「俺が？　何を思うっていうんだ」

「……まだお分かりにならない？　分からないふりをなさっているのではなく？　さようでございますか、では牡丹めが特別に、手がかりを教えて差し上げます」

　そうして牡丹は言った。

「小夜様のお着物が一着しかないことに、気づいていらっしゃいますか？」

「……!?」

　鬼灯は箸を持ったままがたんと立ち上がった。それからまた慌てて座りなおす。

「待て。そう言えば……そうだな……!?」

「気づいていらっしゃらなかったんですね!?　小夜様はあなたの花嫁なんですよ、花嫁！　それを着たきり雀にさせるとは何事ですか！」

「いや、うん。これは完全に俺の落ち度だ。すまない」

「独りこもって物作りに明け暮れている鬼灯様でも『女性には着物が必要』という知識くらいはおありですよね？　そしてその着物を入手する手段が、今の小夜様にはないことだって、当然ご存じでいらっしゃるはず」

「ああ……今思い出した……」

　呆然とする鬼灯を見、小夜は慌てて声を上げる。

「あの、一応肌着はきちんと洗っておりますので！　あと寝間着も、使わなくなった布を頂いて、仕立てさせて頂いております！」

「これはお前が汚いという話ではない。まったくもって違う。お前に責任はない、いつもそうだが」

「女は物入りなのですよ、鬼灯様！　ましてや小夜様は花嫁でいらっしゃるのに、よくもまあここまで放置できたものです！」

　牡丹の怒りは収まりそうにない。

「大体小夜様のお部屋ときたら、簡素な寝台と戸棚だけ！　しかも私物と言えるものはほとんどなく！」

「あー……そうだったな。買い物にさえも連れて行ってやっていなかった」

「既に小夜様がいらしてからひと月は経っていますよね⁉　その間何をやっていらしたんですか！」

「掃除をしてもらっていた」

「この唐変木！」

　鬼灯は神妙な顔をして、牡丹の罵倒を受け入れている。

　小夜はそれをおろおろと見つめながら、

「あの、ですが、私は今の状況で十分満足しております……！　食べるものがあって、寝床があって、文字を教えて頂いているのですから、本当にありがたくて……！」

「石戸家は比較対象になりませんよ、小夜様。あなたは火の神の花嫁なのですから、それ相応の扱いを受けるべきです」

「花嫁といっても、それは便宜上のことですもの。私は掃除人なんだから」

「小夜様と鬼灯様は便宜上、と仰いますが、他の者からしてみれば、お二人は立派な夫婦でございます。それらしい振る舞いをして頂かねば」

「それは私には分不相応だわ。鬼灯様と夫婦だなんて……」

「分不相応なことなど何一つない。お前は俺の花嫁で、妻だ」

鬼灯は頭を下げた。

「すまなかった、気づかない俺が愚かだった。好きなように罵倒してくれ」

「こんなに気が利かなくても火の神様なんてお役目が務まるんですね！　牡丹はびっくりしております！」

「いや違う牡丹お前じゃない」

小夜は目を瞬かせながら二人のやり取りを見ている。

本当に構わなかったのだ。住まわせて、食べさせてもらって、面白い物たちの話を聞くことが出来て、何の不満もなかった。

だが鬼灯は叱られた子供のようにしおれている。

「明日は午後から宵町《よいまち》に行こう。何でも好きな物を買って構わない。牡丹、お前も着物選びに付き合え。俺では女物は分からんからな」

「勿論でございます。この牡丹、本気で小夜様のお着物を見繕わせて頂きますね！　宵町一の美女に仕立ててご覧に入れましょう」

拳を握り締めて気炎を吐く牡丹とは対照的に、小夜は少しおろおろとしていた。

＊

夜通し作業部屋にこもっていた鬼灯は、ふと水が飲みたくなって、台所に下りた。

既にとっぷりと夜は更けており、台所は真っ暗――と思いきや。

台所の洋卓の上、小さな灯りがともっていた。その横では、一心不乱に筆を動かす小夜の姿がある。小さな背中に、緩く結んだ髪がさらりとこぼれ、微かに艶を放っていた。

小夜は、書き損じの紙の裏に、拙い漢字を幾つも並べていた。昼間よりも大分上達しているのを見、鬼灯はふと笑った。

気配を感じ取ったのか、小夜は顔を上げると、恥ずかしそうに微笑んだ。

「鬼灯様」

「お前はまた根を詰めて……」

「いえ、根を詰めているわけではないのです」

小夜ははにかむ。その顔に疲労の色はなく、彼女の言葉は本心から出たもののようだった。

「文字を教えて頂けるのが嬉しいのです。まだ三日ですけれど、それでも火蔵にあった古新聞の文字が、少しだけ読めるようになったのですよ」

「お前は覚えが早いからな。少し教えただけで、どんどん読めるようになっていく」

「鬼灯様のおかげです。何とお礼を申し上げたら良いか」

「それは元々お前に与えられるはずだったものだ。もらって当然のものを手に入れただけなのだから、そう礼を言わなくても……」

そこまで言って、鬼灯がにやりと不穏な笑みを浮かべる。

「だがそこまで言うなら、接吻《せっぷん》の一つでもしてもらおうか。夫婦になってから一度もしていないだろう」

「接吻」

呟いた小夜の頬が赤らむ。夫婦めいたことを仄めかしたり、肌が触れ合ったりするたびに、飽きずに赤面するこの花嫁を、鬼灯は気に入っていた。

いつものようにからかったつもりだった。けれど小夜は、小さな拳を握り締め、何か覚悟をしたように鬼灯を見やる。

「私の、せ、接吻でも、お礼になるのでしたら……」

「――ふむ。冗談でも言ってみるものだな」

余程文字を習うことができたのが嬉しかったのだろうと思いながら、鬼灯は小夜についと顔を近づけた。

小夜の肩が震える。耳まで赤くした彼女は、両手を握り締めて強く目を閉じた。貝殻のような耳朶《じだ》を覆う和毛《にこげ》が愛らしい。

鬼灯はしばらく小夜の顔を見つめていたが、ややあってふっと笑った。

一度くらい良いだろうと思っていたが、覚悟のできていない娘を誑かすほど、悪い神ではないつもりだ。

それにこれ以上小夜に触れたら、きっともう手放せなくなる。

「止めておこう。お楽しみはとっておくものだ」

小夜が目を開け、短く息を吐く。安堵の気配が濃いそのため息は聞かなかったことにして、鬼灯は小夜の前に腰かけた。

「文字を自在に読みこなせるようになったら、術も使えるようになるぞ」

「そうなれたら良いと思います。そうしたらきっと、もっと鬼灯様のお役に立てるかも知れません」

はにかんだように言う小夜に、鬼灯は笑った。

「ああ。他の神もお前を放っておかんだろうな」

「でも、私は鬼灯様の掃除人です。他の神様の所へは参りません」

思いもかけない断定口調に、鬼灯はますます笑みを深める。

「どうだろうな。火蔵御殿は外れくじだろう」

「そんなことはありません！」

いつになく大きな声を張り上げた小夜は、立ち上がって鬼灯に詰め寄った。肩に羽織っていた布が床に落ちる。

「鬼灯様が私に下さったものは、たくさんありすぎて、数えきれないほどです。私は鬼灯様に釣り合うような立場でもないのに、鬼灯様はいつも私に優しくして下さって……。外れくじなんかじゃありません」

「俺が呪われていてもか？」

「はい。私はこうして健康に毎日を過ごさせて頂いています。鬼灯様やこの火蔵御殿が呪われているというお言葉の意味が、私にはよく分かりません」

「それはお前に俺の加護があるからだな」

そう言って鬼灯は、ふと遠くを見るような眼差しになる。

痛みを伴うことは、早く済ませてしまいたいと思った。

「お前がもし、ここを去りたいと思う時があれば、いつでも俺に言《い》うといい」

小夜はきょとんとした顔になった。無垢《むく》な子供のような表情が愛おしくて、少しだけ自らの言葉を後悔する。

けれど、心底から小夜の為を思うのであれば、これ以上小夜に執着しない方が良い。

鬼灯とてそのくらいのことは理解しているのだ。

自分の呪われた身を、封じられた右目を、意識しない日はないのだから。

「お前は俺の花嫁で、俺はお前に執着している。だから俺からお前を追い出すことはない。――だが、お前自ら出ていくなら、引き留めはすまい」

小夜がどう答えるか知りたくなくて、鬼灯は静かに台所を出た。物言いたげな小夜の視線を背中に感じたが、振り返ることはしなかった。

＊

宵町は、神々が住まう『異界』の中でも、繁華街にあたる場所らしい。

物の怪や付喪神といった存在が、人間のように店を構えているのだとか。

神にも金銭で売買する価値観があるのだな、と小夜は思いながら、鬼灯と牡丹と共に火蔵御殿を出る。

「歩いて行っても良いんだが、馬車が楽だろうな」

「馬車？　馬車とはあの、馬に引かせる、箱のついた乗物でしょうか？」

「ああ。乗ったことはあるか？」

「いえ、人間界で何度か見かけたことはあるのですが」

そう言って首を振る小夜に、鬼灯はふっと得意げに笑う。

「では初めての馬車を存分に楽しむと良い。――火の馬どもよ！」

鬼灯の呼ばわりに応じて、火蔵御殿の門の前に二頭の馬が現れる。

立派な黒馬で、たてがみの代わりに青い焔がごうごうと燃え盛っている。

続けて鬼灯がぱちんと指を鳴らすと、その馬に繋がる形で、車輪付きの黒い箱が現れた。

鬼灯は馬車の扉を開け、小夜に手を差し出す。

「お手をどうぞ」

「ありがとうございます」

どぎまぎしながらその手を取ると、強い力で引き上げられる。

乗り込んだ馬車の中は、赤いびろうど張りになっていて、座席は柔らかかった。小夜の華奢な体でも、腰かけたら深く沈んでしまう。

牡丹と鬼灯が続けて乗り込むと、扉が閉まり、馬車が独りでに走り出した。

小夜は身を乗り出して、窓の外を眺める。

「わあ……！　すごい、速いんですね！」

「火の馬は一日千里を駆ける。じき宵町に着くだろう。まずはどこから寄る？」

「それはこの牡丹めにお任せを。宵町についたらまずは『みどり屋』で着物を覗きましょう。横に小物を売っている『熊代堂《くましろ》』がありますから、着物に合う小物はそちらで選んで……」

「『熊代堂』はだめだ。主人が代替わりして、質が落ちた。『まつりか』がいい」

「あら、鬼灯様ってば流行《はや》りに通じていらっしゃる！『まつりか』って確か、若い女性の神向けのお店でしたよね？」

「買い物に行くのに下調べをするのは当然のことだろう」

と鬼灯は言うけれど、こわもてのこの神が、最近若い女性の間で流行っている店を丁寧に調べたのだと思うと、小夜は何だか可愛く思えてしまう。

くすっと笑う小夜を見、鬼灯と牡丹は顔を見合わせて口元を綻ばせた。

火の馬の健脚で、一行は宵町に到着した。

鬼灯の手を借りて降りた小夜は、その賑わいに啞然《あぜん》とする。

帝都の銀座もかくやというほど、西洋風の店が並んでいる。そこに従来の鉄瓦と木造の建物が挟まって建っていたりして、その乱雑ぶりが、何とも言えない活気を放っている。

看板には、曲線的な体形を全面に押し出した女性の絵や、幾何学風の何を描いているかよく分からない模様がちりばめられており、小夜はこれが異界の最先端なのだなと、生真面目な顔で眺めていた。

宵町の町並みは帝都そっくりだが、行き交う人々の姿はまるで違った。向こう側が透けて見える幽霊、黒い塊に目玉がたくさんついた何か、狐の頭を持ったモガ風の女性、白くて小さな龍を従えた初老の男性、などなど。

普段人間界に姿を現す神々は、大体顔を隠しているものだ。それがここ宵町では気楽に晒《さら》されていて、小夜はなぜか気恥ずかしい気持ちになった。

神々の顔をじろじろ見てはならないと分かっているのだが、宵町の華やかな様子に、ついあちこちに目が行ってしまう。

「『みどり屋』はあそこだ。牡丹、小夜を連れて行ってやってくれ」

「あら、鬼灯様はいらっしゃらないので？」

「俺がいては羽を伸ばせないだろう。金を払う頃に寄るから、支払いは心配するな。存分に買え。何なら店ごと買え」

でも、と渋る小夜の背中を牡丹が押す。

二人が『みどり屋』に入るのを見送って、鬼灯は人ごみに姿を消した。

『みどり屋』は西洋風の店で、市松模様の石造りの床がモダンな建物だった。艶のある椅子や書き物机、小さな引き出しがたくさんある戸棚が置かれており、壁には何か仰々しい儀式を描いた布が飾られていた。

暗いが、常に冷たい清らかな風が吹き込んでいて、宵町の喧騒《けんそう》を忘れさせてくれる。

二人の来店に気づいた店員が奥からやってくる。

「いらっしゃいませ。まあ、巫のお方ですか。珍しいお客様だこと」

柔和な顔つきの初老の女性が、鼠色の着物姿で現れた。帯は錆朱で、濃いさんご色の帯留めが彩を添えている。

品の良い出で立ちだ。身に着ける品物からも、着物を商う人間としての誇りが伝わってくる。

「今日は何をお探しでしょう」

「こちらのお方は火の神の花嫁でいらっしゃいます。それにふさわしい普段着を十着と、それから訪問着を五着ほど見繕いたく」

「そ、そんなにいらないわ……！」

慌てて小夜が止めようとするも、牡丹はしれっと、

「鬼灯様は店ごと買えと仰いましたよ？　今まで一着も買い与えられていなかったのですから、この際お似合いになるお着物を全て頂きましょうよ」

「せめて三着くらいにしましょうよ。そんなにたくさんあっても、体は一つしかない

のだから、着られないわ」

「店としては、何着でもお求め頂きたいですが……。確かにそちらの花嫁様の仰る通り、着物は一度にたくさん買い込むものではありませんね」

店員はそう言いながら、ぱちんと指を鳴らす。

すると空いていた場所に、桐箪笥が十棹ほど、竹が生えるように床から現れた。まるで主人に呼ばれた忠犬のように礼儀正しく並んでいる。

「色や着心地、使いやすさ。それを見極めるためにも、最初は三着ほどお求め頂いて、そこから小物を組み合わせられるのがよろしいかと」

店員は桐箪笥をすっと開けながら、

「まだご結婚されて間もないのですよね。でしたら爽やかな色味がよろしいでしょう。加えてお髪《ぐし》もお目の色も、濡れた宵闇のように美しくていらっしゃるから……。薔薇色の、この縮緬《ちりめん》地更紗《じさらさ》模様などいかがでしょう」

と小夜の前に反物を広げる。

それは薔薇色を中心とした花の意匠の中に、微かな水色と金色が入ったもので、目にも鮮やかな品物だった。

見事な色合いに小夜が目を奪われている間にも、店員はどんどん反物を広げてゆく。

「お若い方なら大胆な意匠もお似合いかと。こちらは黄の縮緬地に、大胆に向日葵《ひまわり》をあしらったものでございます」

「あら、モダンで素敵！　背中にこの向日葵が入っていたら、目を奪われますね。小夜様は小柄だから、黄を上手く着こなせそうです」

「はい。お髪のお色味を邪魔するような黄ではないので、よろしいかと存じます」

それから店員が続けざまに華やかな柄の銘仙《めいせん》を広げたところで、小夜はもう訳が分からなくなった。

そもそも着た切りの着物一枚で生きてきたのだ。誰かのために着物を見立てることはあっても、自分のために、自分が着る物を選んだ経験はない。

だから小夜は、自然と鬼灯のことを考えていた。

鬼灯は墨染めの衣を好む。汚れないから、と鬼灯は言うが、華美に装う習慣がないのだろう。

ならば横に立つ自分が、派手な格好をするのは、花嫁としては好ましくあるまい。けれどあまり地味でも女性らしさに欠ける。鬼灯はなぜか小夜を気に入ってくれているようだけれど、それに甘えてばかりはいられない。

小夜は昨日の鬼灯の言葉を思い出す。いつ出ていっても良いと小夜に言ってきたということは、やはり自分は鬼灯に相応しくないということだろうか。

そこまで考えて小夜は微かに首を振る。

鬼灯の側にいたいと願うのであれば、自分を卑下している暇などない。自分は決して美しくはないが、せめて、鬼灯と並んでも違和感のないような装いをしたい。

「奥様は、何かお好みのお色はありますでしょうか」

店員の問いかけに、小夜はそっと口を開いた。


めくるめく買い物は、存外短く済んだ。

反物を選び、店主が術で着物に仕立てるのを待っている間、牡丹と小夜は出された紅茶を口にしていた。華やかな香りが店内に広がっている。

そこへやって来たのは鬼灯だ。彼は二人が既に買い物を済ませたことを見て取ると、

「もしや俺という財布を待っていたところか？　遅くなってしまってすまないな。もう少しかかるかと思ったんだ」

「小夜様は決めたら早いんです。そんなことよりも鬼灯様、あなたの奥方のお美しさをしっかりと目に焼き付けて下さいまし」

牡丹がうきうきと小夜の手を取り、立ち上がらせる。

おずおずと鬼灯の前に立った小夜は、見違えた格好をしていた。

黒地の銘仙は、一見すると地味かもしれない。けれど締めた帯には、宵町の街燈《らんぷ》が金糸で刺繍されていて、とても洒落ている。

そしてその裾には、ぼんぼりにも似た橙色の実——鬼灯の柄があしらわれていた。

小夜の見違えた様子を見た鬼灯は、驚きに目を見開くばかりで、何も言わない。

しばしの沈黙ののち、痺れを切らした牡丹が言った。

「何か仰ったらいかがですか、鬼灯様?」

「すまない。……綺麗だ。他の誰よりも美しい。それに、帯の柄も古典ではないところが新鮮で、よく似合っている」

「着物の柄は? 柄はどう思われます?」

「柄は……おい牡丹、どうしてお前が詰め寄って来るんだ」

「だって、鬼灯ですよ鬼灯。新妻が、旦那様の名を身に纏っていらっしゃるのですよ? 嬉しいでしょう可愛いでしょう最高でしょう?」

「分かった分かった! 嬉しいよ。嬉しいし可愛いし最高だ」

その言葉を聞いた小夜は、安心したように息を吐いた。

「ありがとうございます。あの、反物から一瞬でお着物に仕上げて頂いて……。『みどり屋』さんは、凄いですね!」

「物が良いだろう。決めてから着るまでが早いのも良い」

店主が現れ、鬼灯にそっと会計を耳打ちする。

「何だ、三着しか買わなかったのか。もっと買っても良いのに」

「必要があれば、また鬼灯様にお願いさせて頂きますから」

「と言って、この三着を十年くらいもたせてしまいそうだな。お前のことだから」

ふふ、と小夜ははにかむ。

会計している間も、鬼灯はじっと小夜のことを見つめていた。気恥ずかしいやら嬉しいやらで、思わず身を縮めたくなってしまうのだが、これは鬼灯に買ってもらった大事な着物だ。

せめて胸を張らなければ、と顔を上げる小夜だったが、火の神の隻眼がとろけるように自分を見つめていることに気づき、慌てて面を隠してしまうのだった。

「お熱いことで何よりです」

牡丹が苦笑しながら呟いた。

「さて、次は小物ですね。それからお化粧品を買って、あとミルクホールにも参りませんか？　牛の乳を出したり、カフェーっていう苦い飲み物を出したりするところです。最近の流行なんですって！」

「それはお前が行ってみたいだけじゃないのか、牡丹」

「だって宵町に来たら、目いっぱい遊ばないと損ですもの！」

自分が一番楽しんでいることを隠そうともせず、牡丹が『みどり屋』の外に躍り出る。

小夜がおずおずと口を開いた。

「鬼灯様が良ければですが。私、本屋にも寄ってみたいです」

「勿論だ。好きなものを買おう。お前が読めるものも、これから読めるようになるものも、たくさん買ってやる」

「ありがとうございます。……嬉しいです」

小夜は精一杯の感謝を込めて微笑んだ。鬼灯は目を細め、

「ああ、良いな。お前が笑うと、花が秘めやかに開いてゆくところを、特等席で眺めているような気持ちになる。誰にも見せたくない」

と詩的なことを呟く。そのまま小夜の手を少し強引に取った。

その強さが嬉しかった。

「早く行かねば牡丹に置いていかれる。あれが一番張り切っているな」

「はい。参りましょう、鬼灯様」

＊

小夜は台所で一人出がらしの茶をすすり、静かに息を吐いた。

宵町はとても、とても楽しかった。

ミルクホールで初めて飲んだカフェーは苦かったので、皆で砂糖をたくさん入れてごまかしながら飲んだ。鬼灯が一番たくさん砂糖を入れていたのは、小夜の胸の内だけにしまっておく。

かんざし屋では、牡丹が自分の名の花がついたかんざしを欲しがって、小夜とおそろいで買った。誰かとおそろいで物を買うことなんてなかったから、嬉しかった。

扇が言っていた回転木馬もちらりと見てみたけれど、乗ってみたいとは思わなかった。綺麗な馬がぐるぐる回っているのは面白かった。

本屋では、ちょうど展示されていた、舶来の綺麗な表紙の本を特別に買ってもらった。まだ読めないけれど、これから読めるようになるだろう。

「素敵な一日だったわ」

買ってもらった鬼灯柄の着物は、もったいなくてまだ脱げずにいる。

素敵な服だ。逸品ながら、小夜が着ていることについては満足してくれているらしい。上手くやって行けそうだ。

最後の店で買い、そのまま身に着けた帯留めを指先でいじる。知らず知らずのうちに笑みがこぼれていた。

「すまない、小夜」

ぼさぼさ髪の鬼灯が台所に入ってくる。いきなりの登場に小夜は驚いたが、悲鳴を上げる失態はせずに済んだ。

「驚かせて悪い。茶をもらえるか。図面を引きたいんで今晩は徹夜だ」

「図面ですか」

「たまには街に繰り出すものだな。ひらめきが得られた」

嬉しそうに言う鬼灯に茶を淹《い》れるために、小夜は席を立つ。

湯を沸かそうとしたら、鬼灯が術を使ったので、一瞬で沸いてしまった。

急いでほうじ茶を淹れながら、小夜はおずおずと口を開いた。

「……あの、鬼灯様。最後のお店で、私これを買ったんです」

小夜が見せたのは帯留めだ。琥珀色のそれは、鳥の姿を模しているらしい。

「これは、舶来の品を帯留めに改造したものらしいのです。この鳥を、海の向こうでは、小夜鳴き鳥と言うそうで」

「小夜鳴き鳥か。お前の名が入っているな」

「はい。……それで、あの。着物には鬼灯様のお名前である、鬼灯が入っていますね？」

大きな湯飲みにほうじ茶を注ぐ。顔が熱いのは、湯気のせいではないだろう。

「私も、この帯留めと着物のように、鬼灯様と共にありたいと思っているのです。

――だから、私が去ろうとしても引き留めない、なんて仰らないで」

小夜は顔を上げた。鬼灯は虚を衝かれたような顔をしている。

「私はここにいたいです。鬼灯様と一緒に」

「……っ」

鬼灯を困らせるかも知れないと分かっていても、言わずにはおられなかった。

鬼灯はしばらく唇を引き結んでいたが、やがて貼り付けたような笑みを浮かべて言った。

「……礼を言う。お前の気持ちだけで十分だ」

「鬼灯様……！　鬼灯様の呪いが何であるか、存じ上げませんが、私はそんなものちっとも怖くありません。一緒に引き受ける覚悟があります」

だって私はあなたの花嫁だから。

そう言うより早く鬼灯は立ち上がっていた。

「ありがとう」

感情の籠らぬ顔で言うと、鬼灯は足早に出ていった。

小夜はその後ろ姿をじっと見つめる。鬼灯は自分の呪いが何であるのか、自分からは言わないつもりのようだ。

普段であれば小夜は大人しく引き下がっていただろう。火の神がそう望むのであればと、疑問を飲み下して、掃除人として働き続けるのだ。

けれど小夜は、今ばかりは掃除人の本分を超えてしまうかも知れない。
鬼灯にかけられた呪い——恐らくは天照大神が関係しているその呪いが何であるか、
小夜は知りたいと思った。

五章　それを呪いと呼ぶべきではない

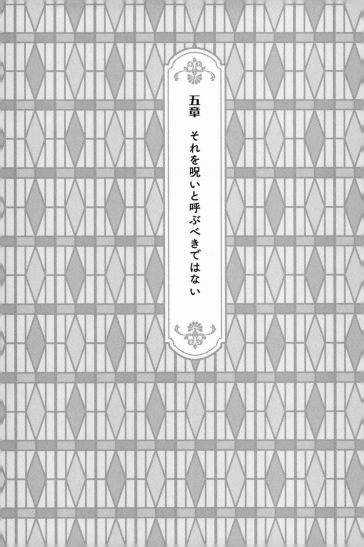

鬼灯の呪いが何であるか調べるために、小夜はまず牡丹に尋ねてみた。

「鬼灯様の呪いですか？　あれは天照大神様から食らったものである、ということは、小夜様ももうご存じですよね」

「そうらしいということは知っているけど、どうして天照大神様は鬼灯様に呪いをかけたのかしら」

「鬼灯様が天照大神様の鏡を盗んだからです。その罪を罰するために、鬼灯様の右目を奪って火蔵御殿に封印し、鬼灯様を醜くし、火蔵御殿に足を踏み入れた者はその瘴《しょう》気《き》にあてられる……という呪いをかけたと言われています」

その答えは小夜を驚かせた。

「鬼灯様が盗み？　どうしてそんなことを……。だって鬼灯様なら、美しい鏡を見つけたら、自分ならもっと良い鏡を作れると仰って、本当に作ってしまいそうじゃない？」

「確かに。さすが奥方様、鬼灯様のことをよくご存じなんですね」

牡丹はにやっと笑い、

「ですが目撃者がいます。豊玉姫様が、鬼灯様が天照大神様の鏡を手にしていたところをご覧になっているのです。それを懐に収めているところもしっかりと」

「そうなの……」

目撃者がいるのであれば、やはり鬼灯が鏡を盗んだというのは事実なのだろう。

牡丹はこういった噂話《うわさばなし》に通じているらしく、

「とは言え色んな説があります。鬼灯様が天照大神様に片思いをしていて、気を引くために鏡を盗んだとか。実はこの鏡は天照大神様の物ではなくて、鬼灯様が持ち主の代わりに取り戻したとか。そもそもこれは最初から天照大神様が仕組んだことだとか」

と話すが、小夜はどれも真実ではないように思えた。

「呪いというのは、鬼灯様の力の一部を火蔵に封じ込め、鬼灯様を醜く見せる呪いね。私にはちっとも醜く見えないのだけれど」

「小夜様は本当に健気な新妻です」

冷やかすように笑った牡丹は、何か気づいたように片眉を吊り上げた。

「あれ？　鬼灯様には醜く見える呪いがかかっているはず……ですよね？　でも変です、今は全然醜く見えません。初めてお会いした時は醜かったのに！」

牡丹は記憶を探るように宙を睨みつける。

「宵町でも特に醜男の扱いは受けていなかったような気がします。一部の女神なんかは、結構熱い視線を送ってたような」

「そ、それは本当？」

「大丈夫です、小夜様の足下にも及ばないような、木っ端《こぱ》女神どもですよ！　でも妙な現象ですね。天照大神様の呪いが弱まった？　まさか、ありえませんね」

一人呟く牡丹を見、小夜は唇に指を当てて考え込む。

「人間の花嫁ができたから、鬼灯様の神としてのお力が強くなった……ということは考えられるかしら」

「おや、惚気ですか？　いくら小夜様でも新婚夫婦の惚気を聞かせる時は、事前に告知頂きたいんですけど」

「の、惚気じゃないわ！　ただその、人間の花嫁というのは神の存在を確かにするという役目もあるでしょう？　それで鬼灯様に少しでも貢献出来ているんだったら嬉しいなと思ったの」

恥ずかしそうに自分の手元を見つめる小夜に、牡丹は苦笑し、

「じゃあまあ、そういうことにしましょう。夫婦愛は全てに勝つのです。まあ、個人的には少し子供じみていて好みじゃないですけど」

「でも牡丹の言う通り、あまりにも拙い説よね。もっと色々考えてみるわ」

生真面目な顔で頷く小夜だった。

＊

桜は舌打ちをこらえるのに苦労していた。

「可愛い桜や、ほらご覧、このかんざしはお前によく似合うねえ？」

「あら、買って下さるの？　嬉しいわ」

下卑た笑みを浮かべる初老の男は、土の神であった。

桜は土の神と共に、神々が住まう『異界』にある繁華街、宵町にやってきていた。

今まで石戸家でもてなしていた水の神は、桜に愛想を尽かして来なくなってしまった。もっと良い舞を、と求める水の神の期待に、桜は応えられなかったのだ。

石戸家の水の神の加護によって、豊作に恵まれていた周りの村人たちは、そのことを容赦なく責め立てた。

勝手なことだ、と桜は思う。今までは石戸家そのものが神であるように崇《あが》めていたのに、自分たちに利益がなくなったとたん、手のひらを返したように失礼になる。

けれど村人たちの信頼や貢物がなければ、石戸家が立ち行かないのも事実だ。既に石戸家の蔵にあった金品は売ってしまったし、このままでは家は傾くばかり。

だから桜とその母親は、別の神をもてなすことにした。

それが、土の神。

年経ており、人間からの信仰も薄くなった土の神は、水の神に比べれば劣る。

けれどそんな神を繋ぎ止めるのでさえ精一杯であるのが現状だ。

全ては、小夜がいなくなってからだ。それに水の神も言っていた。

『石戸家で唯一と言ってもいいほど、清浄な気の持ち主を追い出したのはお前たちだ。

そのことをゆめ忘れるなよ』と。

「……ふん。役に立たなくなったから見捨てるなんて、神も人間も同じじゃない」

「桜？　何か言ったかね？」

「いいえ、土神様。私このかんざしも欲しいわ」

「いいとも、買ってあげよう」

安物のかんざしを、いくら買ってもらったところで、石戸家の現状が良くなることはない。

けれど、きらきらしたものを与えられている間は、気が紛れた。自分がこの輝かしいものに値する存在なのだと思えた。

鬼灯と手を繋いで歩く小夜の姿を見るまでは、そうして自分をごまかしていられた。

その少女が小夜だとわかるのに少し時間がかかったのは、彼女の着ている物が上等だったからだ。

銘仙の着物はそこまで高価ではないし、黒くて地味だ。

だが、今の流行を取り入れた帯の刺繍の見事さ、結い上げた髪の品の良さはたとえようもない。さして高級そうに見えないのに、小夜が身に着けると、やけに輝いているような気がしてくるのだ。

薄く化粧を施され、背の高い男神と手を繋いで恥じらいながら歩く姿は、可憐の一言に尽きた。

「……どういうこと？」

二人は店に立ち寄り、何か品物を手に取っている。男神の方が手にしたものを小夜の髪にあて、首を傾げてまた別のものをあてがった。

仲睦まじい者同士がもたらす穏やかな雰囲気が、二人を華やがせていた。

しかもあの男神。眼帯こそしているが、背が高く、整った顔立ちをしている。

「どうした、桜や？　……おおいやだ、あれは火の神ではないか」

「火の神？　あの、眼帯をつけていらっしゃる方がそうなのですか？」

「ああ。呪いで右目を奪われたのだよ」

土の神はおぞましいものを見るような目で男神を見ている。

桜は媚《こ》びるような口調で、

「土の神様には及ぶべくもありませんが、火の神様も、お美しいのですね」

「前は見るに堪えない容貌だったんだがな？　呪いが弱まっているのだろうか……。だとすれば恐ろしいことだが。おや、その横にいるのは巫だな？　何と清浄な気であろうか！　なぜ火の神なんぞの側にいる」

「ああ、お二人はご夫婦だそうだよ」

土の神に気さくに答えたのは、かんざし屋の店員だった。狐頭の付喪神で、いかにも噂に通じていそうな顔をしている。

「夫婦！　こともあろうに火の神に嫁ぐなど、憐れな娘だ」

「呪いで右目を奪われたと仰いましたわね？　どんな呪いですの？」

「不遜にもあの火の神は、天照大神の鏡を盗んだのだ」

天照大神。この国の神の最高峰であり、人間たちにはめったに姿を見せぬ孤高の存在。名だたる巫も、視界に入れることすらかなわないと聞く。

その存在から何か物を盗むなど、蛮勇以外の何物でもない。

「鏡はすぐに取り戻されたがね。火の神は、自分は盗人ではないと言い張ったそうだが、天照大神がお捜しになっていた鏡を現にその手にしていたというのだから、間の抜けた話だ」

「しかしまあ、呪われた存在なのに、人間の花嫁なんかもらえるもんかね？　人間なんて、呪いにあてられて死んでしまうだろう」

「花嫁は自分の加護が及ぶから問題ないのさ」

土の神の言葉に、かんざし屋の店員は頷いている。

寄り添って品物を選んでいる小夜と男神を、土の神は意地汚い目で見つめていた。

「しかし、あれほど美しくて、しかも清浄な気を持つ巫だろう？　火の神なんぞには勿体《もったい》なさすぎる」

「そうさ。だってほら、ご覧よ。あそこの雷《いかずち》の神。舌なめずりして巫を見ているよ」

雷の神。長い白髪を持ち、派手な格子模様の着物に身を包んだ美丈夫が、取り巻きの神と共ににやにや笑いながら、小夜たちを見ている。

土の神は顔をしかめ、それから反対側の道を指さした。

「あそこには鉄の神がいる。火の神に比べれば大した強さではないが、侮れない」

鉄の神。浅黒い肌を持ち、金色の髪をした、一見すると少年のような男神が、豹《ひょう》の如き好奇心で小夜に視線を送っている。

彼らだけではない。宵町の神たちは、皆小夜に目を奪われていた。

桜は臓腑《ぞうふ》が煮えくり返るような怒りを覚えた。

頭を垂れ、着物の整理をするしか能がない小夜が、どうしてここまで持てはやされるのだろう？

神の花嫁であれば、必死に神々の機嫌を取ろうとしている自分とは違い、多少の我がままも言えるだろう。

しかもあの身なりの良さ！

桜も衣装はそこそこ持っている方だ。石戸家の前妻が遺《のこ》した美しい着物たちは、小夜の今着ている着物に勝るとも劣らない。

けれど装飾品や身の回りの品々はどうだろう。家や宝石は？　そもそも火の神の花嫁と言うだけで得られる栄誉は山のようにあるだろう。

ありえない、そんな名誉は小汚い使用人には似つかわしくないものだ。

桜の中で、怒りとも正義感ともつかない感情が煮えたぎっている。

不公平だ、と桜は思った。あれは本来、小夜に与えられるべき栄誉ではなく――自分にこそ与えられるものなのではないだろうか？

土の神と店員は話し続けている。

「それに火の神は金持ちだからねえ。火の神というのは鍛冶の神でもあるだろう」

「そうだな、あの男神は特にその色が濃い」

「天照大神様や、豊玉姫様たちからは遠ざけられているみたいだが……。物好きな神々が、こっそり火の神に物作りを依頼してるって聞いたよ。それでいつも懐が潤っていて、火蔵御殿とかいう立派な蔵を建てることができたとか！」

「ふん。だがその火蔵御殿の中に右目を封じられたのだろう。自分の手の届く範囲に右目がありながら、手が届かないというのは、全く滑稽な罰ではないか」

負け惜しみのように言う土の神。桜は横に立つこの神が急にみすぼらしく思えてならなかった。

桜の頭がせわしなく回転する。そうしてある計略が閃いた瞬間、彼女の蠱惑的《こわくてき》な唇が、にたりと歪められた。

逆にこれは千載一遇の機会なのだ。桜は静かに動き出す。

＊

数日後、鬼灯はやけに張り切った様子だった。

「何だか嬉しそうですね、鬼灯様？」

「ああ。ようやく依頼されていた品を作る目途が立った。もっとも、受け取ってもらえるか分からない依頼だが。豊玉姫様からの依頼なのだ」

小夜はふと、本の神である扇が、依頼の対価として鬼灯に渡した品を思い出す。

「確か、扇様が極楽鳥の羽を下さいましたね。あれを使うのですか？」

「そうだ。豊玉姫様は俺に勾玉を作るよう依頼された」

「勾玉……！」

勾玉は神の力を強める神具だ。勾玉の質が高ければ高いほど、込められる神威も上がるし、高度な術を使うことができる。火山一つを噴火させてしまえるほどの力を持つものもあると、小夜は聞いたことがあった。

自分で作る神もいれば、巫から献上されたものを使う神もいる。豊玉姫は、見事な職人である火の神に頼むことにしたようだ。

二人は火蔵に足を踏み入れる。松明が自《おの》ずから煌々と灯るのにも慣れてきた。

下層へ下りながら、鬼灯が説明する。

「豊玉姫様が俺に勾玉を依頼してきたのは、俺が呪われる前のことだ。他の神々は、少数の例外を除いて、俺が呪われたと知ると依頼を撤回してきた。けれど豊玉姫様は、特に撤回をなさらなかった」

「では、依頼はまだ生きているということですね」

「俺が勝手にそう解釈しているだけだがな。他人の勾玉を作る機会はそうそうあるもんじゃなし、赤字ではあるが、本腰を入れて作ってみようと思ってな」

「最近引いていらっしゃった図面は、勾玉のためのものなのですか？」

「そうだ。小さな石ころみたいになくせして、手間がかかる」

どこか嬉しそうに言う鬼灯は、袂から紙片を取り出した。

「今日集めたいのは、忘憂薬《ぼうゆうやく》に舶来の羊皮紙、厄除《やくよ》けの獣面と鬼脅しの面。あとは一角獣の蹄鉄《ていてつ》とクサリヘビの舌だ」

「え……ええと……？」

「今言った材料で、勾玉を研磨する液体を作る。この液体が実は最も重要でな」

鬼灯は語り始めると長い。と言っても返答を求められるわけではなく、口に出すことで自分の考えをまとめているようだったので、小夜は適当なところで頷いたり相槌《あいづち》を打ったりした。

そのうち、小夜一人では下りたことのない下層までやってくる。

いつもひそひそと聞こえる物の声がぴたりとやみ、完璧な静寂が小夜の耳を打った。

鬼灯の語りが止んだ瞬間、小夜は呟く。

「……不思議ですね。物の声が聞こえない」

「この辺りの品物は悪さをしたせいで封じられている物が多いからな。むやみに触れないように」

「はい、心得ております」

封じられていると鬼灯が言った通り、むき出しで放置されているものは一つもなく、皆箱か扉つきの棚に入っていて、その上から何か呪符のようなものが何枚も貼られている。

鬼灯はその中から平たい箱を二つ選び出した。

茶色っぽい汚れがついていて、色褪《いろあ》せた黒い紐で結わえられている。

「これが、厄除けの獣面と鬼脅しの面……のはずだ。今度から箱に何が入っているか書いておかないとな」

「この面は、鬼灯様が買ったものですか？」

「大昔の貢物だ。呪物を貢物にするな、と言いたいところではあるが、素材として優れているからつい受け取ってしまう」

鬼灯は面の入った箱を重ねて持つと、一つ階層を下った。

すると今度は打って変わって、やかましいほどの物の声が聞こえてくる。小物が多いのだろう、物がごちゃごちゃとひしめき合っている。

「ここには一角獣の蹄鉄があるはずだが、どこにしまったかな」

「こちらではないでしょうか。蹄《ひづめ》の音が聞こえてきます」

小夜が右手の奥に進む。その後を追った鬼灯が、ああ、と言って薄暗がりに手を伸ばした。

「確かこれだ……、ん？」

「鬼灯様？」

「……抜けない」

「えっ」

中腰で、右手を薄暗闇に突っ込んだまま、鬼灯は動けずにいる。

小夜はその腕を引っ張ってみるが、元々小柄な彼女は、大した助けになっている様子もない。

鬼灯の手のあたりに指を伸ばす。何かに引っかかってしまっているのなら、小夜の小さな手が逆に有利に働くかもしれない。

だがそんな思惑も空《むな》しく、小夜の手は何かにがしりと包まれてしまう。

『もう、はなさない』

低い声が聞こえて、小夜は喉の奥で悲鳴を上げた。急いで手を引っ込める。

予想に反してあっさりと自由になった手を、不思議そうに見下ろした小夜の顔が、微かに赤らむ。

小夜の左手と、鬼灯の右手が、しっかりと繋がれている。

しかもいつものように緩く手を繋ぐのではなく、手のひらをぴったりと合わせるような、仲睦まじい繋ぎ方だ。

「……あの、鬼灯様、手が」

「いや、振りほどけないんだ」

「ええっ」

鬼灯の言う通り、引いても押してもびくともしない。手のひらを縫い留められてしまったように、離れられない。

顔を真っ赤にしたり真っ青にしたり忙しい小夜を横目に、鬼灯は空いた左手で何か術を展開しようとしている。

だが、二人の手は相変わらず強く繋がれたままで――。

「……どうしよう」

「どうしましょう……」

途方に暮れた二人は、互いの顔を見合わせるのだった。

牡丹は、仲睦まじく手を繋ぐ新婚夫婦の姿を白い目で見つめている。

「なるほど。手がくっついてしまって離れられない、と。それ本当に物理的に離れられないんですか？　離れたくない、の間違いではなく？」

「確かに小夜とは一瞬たりとも離れたくないがそうではなく。本当に離れられないんだ。術を用いても無理だった」

鬼灯は、無念、という表情を隠しもせずに、

「あんなところにあんな壺《つぼ》を置いておいた過去の自分が憎くて仕方がない」

「まあまあ、同じご自分じゃないですか。そう怒らないで下さいよ、小夜様が怯えています」

はっとした様子で、横の小夜を見下ろす鬼灯。

小夜は、先程からちっとも鬼灯と目を合わせていなかった。けれどそれは鬼灯の怒気に怯えていたからではない。

鬼灯は咳《せき》ばらいを一つすると、台所の洋卓に、持っていた壺をごとりと置いた。牡丹の目がきらりと光り、何か得心したように微かに頷いた。

何の変哲もない白い壺で、小夜と鬼灯はここに手を突っ込んだがために、今でも仲睦まじく手を繋ぎ続けているというわけである。

「これが呪いの壺なんだが、どういうわけか術が利かず、呪いが解除できない」

「……時限式の呪いではないでしょうか」

「そうか！　時限式であれば、時間がたったら呪いが消える分、効果は絶大だ。簡単には解除できまい。だが、手が離れなくなる以外にも何か効果があるんじゃないか？」

「どうしてそう思われるんです？」

牡丹の問いに、鬼灯は小夜を指さした。

「先程から小夜がちっとも口をきいてくれない！　どこか痛むわけではなさそうなん

だが」

はらはらした顔で新妻を見下ろす鬼灯に、牡丹が小さく笑う。

「……その壺のことでしたら、私が知っていますから、大丈夫ですよ。手がくっついて離れない以外の効果はないはずです」

「誠か？　なぜお前が知っている！」

「そりゃあ私がここに来た当時に知り合った壺だからですよ。大丈夫です、呪いの壺ですが、そんなに禍々《まがまが》しくはありません。むしろ今の状況は、お二人にちょうどいいかも知れませんし」

「そんなわけがあるか。手が離れなかったら、か……厠や風呂はどうするつもりだ」

ぴくんと小夜が肩を震わせる。

「ご夫婦なんですから、風呂の一つや二つ一緒に入ってしまえば良いのでは」

「そ、そんなの、恥ずかしすぎて絶対に無理です」

黙りこくっていた小夜が、蚊の鳴くような声で言う。ただでさえこんなに距離が近くて心臓が忙しいのに、厠や風呂など考えたくもない。

今だって鬼灯の着物に焚《た》き染められた香が強く香って、頭がくらくらしそうなのに。

主人の狼狽《ろうばい》ぶりを見て取った牡丹は苦笑して、

「大丈夫ですよ、小夜様。その壺の呪いは、そう長続きしませんから。そうですね……二日もすれば解けるでしょう」

と言うと、白い壺をつんと突《つつ》いた。

「それまでは我慢してやって下さい。この壺も、何か事情があるみたいなんですよね」

「そうなの？　何か知っているの、牡丹？」

「いいえ。この子、ほんと無口で」

ため息をつく牡丹は、どこか優しい顔をしていた。

さて、こうして日常生活を常に共にすることになった鬼灯と小夜だが。

何をするにも一緒なのである。文字の勉強に関しては、特に問題はないように思えたが、小夜が台所に掃除用具を取りに行く際も、鬼灯が食堂に読みかけの本を取りに行くときも、ずっと手を繋いで移動しなければならない。

面倒であるというのも勿論ある。いちいち相手の動きに付き合わなければならないのは、少しわずらわしい。

だが何よりも、それ以上に、恥ずかしかった。

手のひらを合わせるようにして繋ぐことで、腕がいつもよりも密着している。

火の神である鬼灯の、熱いくらいの体温を間近に感じて、小夜はのぼせてしまいそうだった。

　それに気づいた鬼灯が、心配そうに小夜の顔を覗き込む。

「大丈夫か？　気分が悪いなら休むか」

「いっ！　いえ！　大丈夫です！」

　先程小夜は、人間として極めて当たり前の生理現象により、意を決して厠に向かったばかりだった。

　花を摘んでいる間は、牡丹が鬼灯の目を封じながら大声で歌うことで何とかごまかそうとしたが、乙女の羞恥心はそんなものではごまかされない。

　牡丹も鬼灯もいる中で、半ば泣きながら用を済ませた。二度と味わいたくないと思ったし、呪いが早く解ければいいと心底思った。

　だが不思議なもので、一度羞恥心の大波を越えると、人間慣れてくるものだ。

　片手でぎこちなく夕食を取る頃には、小夜も特に顔を赤らめることはなくなった。

「風呂は……」

「一日くらい入らなくても大丈夫ではないでしょうか？」

「む。しかし火蔵にいたんだぞ、埃っぽくなっていないか」

「だ、大丈夫です」

「本当か？　遠慮するな、もし入りたければ」

「大丈夫です！」

なぜか風呂を勧めたがる鬼灯の猛攻を退け、次なる問題は、着替え。

さすがに寝間着に着替えるのは無理にしても、このままというのも気が引ける。

手を繋いでいるので、着衣を替えるのは難しいように思えたが、鬼灯がぱちんと指を鳴らして着替えさせてくれた。

「それ程凄い術が使えるのなら、この呪いも解けるのではないでしょうか……？」

「期待した目で見るな。悲しくなる。この呪いは外から解くことはできない」

「そ、そうですか」

着替えの問題を乗り越えた先に残る難問は、寝床だ。

一応夫婦である以上、同じ寝床で眠ることは、ちっともおかしなことではない。

鬼灯が眠る寝台は、小夜のそれ以上に柔らかく、小夜が六人くらい寝られそうなほど大きかったので、二人で眠る分には問題ない。

けれど何しろ、初めて寝床を共にするのだ。まるで初夜のような緊張感でもって、二人は寝台に上がった。

「すまない、少し書き物をしても良いか」

「勿論です」

寝台の上で、壁にもたれて何か書き物をする鬼灯。彼の書き損じがはらりと布団の上に舞い落ちる。小夜はその書き損じを拾い、文字を指でなぞる。

「まがたま……せいせい？　でしょうか？」

「ん？　ああ、精製だ、合っている」

「『精製方法。素材、温度を変える』と書いてあるのでしょうか？」

「そうだ、よく読めたな」

ふふ、と小夜が微かに笑う。鬼灯は万年筆を置くと、柔らかな表情で小夜の頭を撫でた。

その温もりを感じながら、小夜は鬼灯の呪いのことを思った。

失礼であることは承知の上で、尋ねるなら今だと思う。逃げられないからだ。

けれどどのように尋ねれば良いのか分からず、小夜は結局「鬼灯様はお美しいです」と使い古した言葉から始めるしかなかった。

鬼灯は面白そうに片眉を上げて、更に体を密着させてくる。まつ毛の震える様を見つめることのできる距離に目を白黒させながら、小夜は懸命に言葉を紡いだ。

「ですが、他の人には、鬼灯様が醜く見えるのですよね。呪いがかかっているから」

「ああ。他の者にはな」

「でも牡丹は、鬼灯様はもう醜くは見えないと言っていました」

初めて鬼灯が怪訝そうな顔になった。

「宵町でも、女神の方々が、興味深そうに鬼灯様を見ていらしたそうです。だから鬼灯様の呪いは、もしかしたら弱まっているのかも知れません」

「そんな馬鹿な……」

口元に手をやり、考え込む鬼灯は、何か思い当たるふしがあったのだろう。

「言われてみれば、宵町で応対した店員は皆俺の顔を見ていたな。前までは俺の顔から目を背けていたのに」と呟く。

「呪いが弱まるということがあるのでしょうか」

「いや、考えにくい。それはつまり天照大神様に比肩する——」

言いかけて鬼灯ははっと小夜を見た。小夜は怯まずその眼差しを見つめ返す。

「まさか、お前が理由なのか」

「私はそうだと思いたいです。鬼灯様が人間の花嫁を迎えられたから、神としてのお力が強くなったのではないでしょうか」

鬼灯は目を細めて考え込む。ややあって鬼灯の手が小夜の頬に添えられ、ふいに顔が近づいた。

まつ毛が触れ合う距離。鬼灯の金色の瞳孔がよく見える。と言うことは小夜も同じくらいつぶさに見られているということだ。

「……呪いが弱まっているのは確かだ。お前に与えた俺の加護が強くなっている」

「ど……どうしてわかるのですか」

「華燭の典の時に、お前の体内に収めた勾玉があるだろう。あれが大きくなっている。お前の目を通じて見えるのだ」

鬼灯が身を遠ざけるのを、安堵と落胆の入り混じった感情で見守りながら、小夜は首を傾げた。

「ではやはり、どうして呪いが弱まったのか、という話になりますね」

「さっぱり分からない。ただこの変化はお前を嫁に迎えてからのことだから、お前が何かの鍵であることは確かだろうな。——後日改めて考えよう」

夜の考え事は止めた方が良いと言って、鬼灯が傍らの明かりを落とす。暗闇の中、寝台の上で鬼灯がもぞもぞと体を動かす気配に、小夜はやけにどきどきしてしまった。こんな状況で眠れるだろうかと思う心とは裏腹に、小夜の瞼《まぶた》はすぐに重くなる。彼女は静かに眠りの沼に沈んでいった。


夢を見ていた。自分の体が宙に浮かんでいる。

小夜が見下ろす先には、一人の女性がいた。何かを抱えて、肩を震わせている後ろ姿が見える。

『どうして死んでしまったの』

女性の慟哭《どうこく》が、小夜の心をかき乱す。小さな背中がますます小さく見えて、駆け寄ってさすって、慰めてやりたい衝動に駆られる。

彼女は誰かの名を呼んでいた。父親か、兄弟か、それとも——恋人？

それにしてもここはどこだろう。女性の格好は、異界でも帝都でも見たことのない、少し古臭い異国の装いだった。髪型も異国風に高くまとめ上げられている。

『どうしてまた、離れてしまうの』

女性の衣装が変わった。肌が露出していないものを纏っているから、冬になったのだろうか。

瞬く間に着ているものが変わる。髪型も変わって、格好も違うのに、女性はずっとさめざめと泣いている。

『お願いよ、私のもとから離れないで。愛しいあなた、私とずっと一緒にいて——』

祈るような、すがるような言葉は、小夜の心をざわつかせる。

目が覚めた小夜の耳には、女性の泣き声と、ずっと一緒にいてと願う言葉が残っていた。

何度も瞬きをして、ようやく自分が鬼灯の部屋で眠っていることを思い出す。

「今のは……」

「どうした？」

横から低い声が聞こえてきて、小夜は文字通り飛び上がる。肘をついた鬼灯が、こちらをじっと見つめていた。

眠る時でも外さない眼帯のおかげで、小夜を射貫く目は一つきりなのに——その一つきりしかない目が、ものすごい力を持っているのだ。

朝から神に見つめられ、小夜はかけ布団を引き上げて顔を隠す。

「うさぎのようだな」

「う、うさぎではありません……！」

ひとしきり小夜をからかって楽しんだ鬼灯は、それで？　と首を傾げた。

「何か夢でも見ていたか？」

「はい、そうなんです」

小夜は今見た夢を説明した。鬼灯はふうむと唸る。

「せっかく同じ床で眠ったというのに、俺はその夢を見なかったな。しかし、巫の血を引くお前が、そういう夢を見たということは……。あの壺と何か関係しているんじゃないか」

「壺ですか？　でも夢の中には壺は出て来なかったのですが」

「壺は異界への入り口だから、どこかと繋がったのかも知れないな。壺中《こちゅう》の天《てん》というだろう」

「こちゅうのてん？」

　今度は小夜が首を傾げる番だ。鬼灯が優しく説明する。

「昔の外《と》つ国《くに》の話だ。ある役人が帰り道、薬売りの老人が店じまいを終えた後に壺の中に飛び入るのを発見してしまう。後日その老人に頼み込んで壺の中に入れてもらったら、中には天国と見まがうほどの美しい建物が並び、美味《うま》い食べ物や酒が並んでいた、という話」

「壺の中に、天国が入ってしまうんですねえ。すごい壺です」

「逆かもしれんぞ。俺たちの世界なんて、壺なんぞに容易《たやす》く入ってしまう程度のものということだ」

「確かに。外の外から来た人が見れば、壺にしまってしまえるような世界をありがたがっている私たちは……少し面白く見えるかもしれませんね」

　夢のふわふわした感覚を引きずったまま、壺中の天という現実離れした話をしたものだから、小夜はいつまでも不思議な気持ちでいた。

　やがて、遠慮したような牡丹が、鬼灯の部屋の外から、

「おはようございます。あの、私入っても大丈夫です？　お二人とも、服着ていらっしゃいますよね？」

　と言ってくれたおかげで、ようやく日常に戻ることができたのだった。

そうして始まった手繋ぎ生活二日目は、意外にも穏やかに過ぎた。

厠問題は未《いま》だ小夜の乙女心を苛《さいな》んでいるが、それ以外は問題ない。互いの動きや呼吸が分かってきて、

「あ、鬼灯様そこ足上げて下さい」

「ん。そっちの万年筆取ってくれ」

と見事な連携を見せている。

しかし、鬼灯の呪いが弱まっている件について、もっと詳しく調べるためにも、いつこの手が解けるのかということくらいは知っておきたい。

そう牡丹に尋ねるのだが、牡丹も難しそうな顔をして、首を捻《ひね》るばかりだ。

「その壺は知り合いなんですけれど、そこまで身の上を語ってはくれなかったんですよね。二日程で呪いが解けるのではないかと申し上げたのは、この壺自体がそこまで力がないからで……。ただ、悪い壺でないことだけは確かです」

「それは私も何となくわかるわ。憎しみを抱いていたり、害意を持っていたりするわけではなさそう」

物の声を聞き取る小夜の耳には、この壺の声は聞こえてこない。語る言葉を持たないのか、それとも何かを語るほどの気力もないのか。あるいは牡丹と同じ付喪神で、

それゆえに蝶の耳では言葉を聞き取れないのか。

悪いものではないという牡丹の言葉はきっと正しい。だからなおのこと、壺の正体が気になる。

壺は台所の洋卓の上に置いてある。小夜は空いている方の手で、そっと壺を撫でた。釉薬《ゆうやく》もかかっていない素焼きの壺で、ざらざらとしている。飾り気のない壺は、花を生けたら映えそうだ。

「何かお花を生けてみましょうか。他の物と組み合わせれば、何かわかるかも」

そう言って鬼灯と小夜は、外に咲いていた彼岸花を摘んできた。

それを壺に挿そうとすると――。

『ちがう』

はっきりと壺が拒絶した。初めて聞く壺の声に、小夜はぱっと顔を上げる。

「花瓶じゃないみたいです。お酒を入れる壺だったのかしら」

『ちがう』

花瓶でもない。酒を入れる壺でもない。そうなると、壺の用途が分からない。

小夜と鬼灯は思いつく限りの用途を口にしてみるが、壺はいずれも「ちがう」と言い、ついには黙りこくってしまった。

小夜は慰撫《いぶ》するように壺を撫でる。用途を言い当てられない自分の無力さが歯がゆかった。

痺れを切らした鬼灯が独り言ちる。

「朝話したように、壺中の天なのだろうか。異界へ繋がっているのか、お前は？」

『ちがう！』

壺が吼《ほ》える。その瞬間、凄まじい火花が散り、鬼灯の空いた方の手を打った。

平手打ちにも似た音が響き、小夜が悲鳴を上げる。

「鬼灯様！」

「大事ない。壺自体にそこまで力がないというのは本当のようだ」

鬼灯は涼しい顔でいる。小夜はほっと胸を撫で下ろしたが、ふと鬼灯の表情が冷たいことに気づく。微かな怒りを湛《たた》えた金色の目は、刃のような鋭さを帯びている。

「この程度の呪いであれば、甘んじて受けるが。——あまり長引いて我が妻を困らせるようなら、お前を破壊するぞ」

「ほ、鬼灯様……」

「今の攻撃を妻に向けていたら、俺は即座にお前を叩き割っていただろう。その程度の分別はあるようで何よりだ」

『だまれ』

壺は吐き捨てるように言う。小夜への返答と明らかに様子が違っていて、恨みや怒りといった負の感情が感じられた。小夜は思わず呟く。

「この壺は……鬼灯様を恨んでいらっしゃるのでしょうか」

「多方面から恨みを買った自覚はある。あるが、壺には心当たりがない」

淡々と告げる鬼灯は、小夜としっかり手を繋いだまま、片手で器用に親子丼を食べている。

煎茶を淹れながら、牡丹が首を傾げた。

「鬼灯様は色々と敵が多いという認識なのですけれど、誰から恨まれているかということは把握されているんですか？」

「一応な。その上で、この壺がどうして俺を嫌っているのかは本気で分からん」

「……嫌っているというより、恨んでいるようでした」

小夜は箸を手にじっと考え込んでいる。台所の隅に置かれた白い壺は、今は何も話さずに、ひっそりと佇《たたず》んでいた。

その壺が先程鬼灯を攻撃した時に感じたものは、恨みよりも悲しみの方が強かった。

まるで、夢に見た女性の声を聞いた時のような、胸が締め付けられるような感覚を味わったのだ。

「恨んでいるのは鬼灯様ご本人というより、火の神様の性質の方なのかもしれません」

「恨みを買うとすれば、火を操る力そのものだろうな」

牡丹は頷きつつ、台所の隅にある竈を指さした。

「例えばあの竈は、火の神様の管轄ですものね？」

「そうだな。竈の神も別に存在するが、俺がその役目を果たすことも可能だ。鉄の神も火の力から派生した神だから、こちらも俺が担当することができる。逆、つまり竈の神や鉄の神が、火の神を名乗ることはできないが」

「鉄の神様を名乗ることもできる……。だから鬼灯様は軍神と呼ばれることもあるのですね」

「軍神というより、戦の神と言った方が正しいだろう。人間の武器は、剣にしろ銃にしろ、鉄からできているからな」

「火の神である鬼灯様は、竈の力も、鉄の力も、戦の力も併せ持っていらっしゃる、と。そういうことなんですね」

小夜は目を細める。

「なら、その側面のどれかが、あの壺の恨みを買ってしまったのかもしれませんね」

けれど、鬼灯は心当たりがない様子だった。

食事を終えた小夜は、勾玉作りに勤《いそ》しむ鬼灯と共に、作業部屋にいた。物で溢れかえった作業部屋に、小夜専用の椅子を置いてもらったのだ。小夜も自分で文字の勉強をしている。あの白い壺も一緒だ。

「俺は構わないが、どうしてその壺を持ち込んだ」

「側に置いておけば、壺の気持ちがわかるかと思いまして」

「意思疎通ができるようになったら、早めに呪いを解くように言ってくれ。お前とこうして共にいるのは心が躍るが、お前が厠へ行くたびに、牡丹の下手くそな歌を大音量で聞かされるのはごめんだ」

顔をしかめる鬼灯だが、それが小夜を慮って の言葉だということは、彼女も理解している。

小夜は膝の上に壺を抱え、ゆっくりと撫でた。ざらついた土の質感と、ひんやりした手触りが気持ちいい。

触れている間に、壺は小夜の体温でゆっくりとぬくもってゆく。

「膝の上だと重いだろう。端に除《の》けておけば良いのではないか」

「もう少しだけ」

小夜の経験上、物が全て人間に好意的とは限らない。人間の理《ことわり》が通じないことも勿論あるし、皆が小夜の頼みを聞いてくれるわけでもない。

ただ、人のために作られた物である以上、人間の手を拒絶するにはそれなりの理由がある。それを知るためには、物と向き合わなければならない。

人間のように自在に言葉を操れるわけではないからこそ、よく耳を澄ませていたい、と思いながら、小夜は静かに壺を抱きしめる。

夢で見たあの女性のように、背中を丸めて。

結局二日目も、小夜と鬼灯の手は離れなかった。

日が沈んでから、二人はある問題に直面する。

「……風呂か」

「鬼灯様の術で、体がすぐ綺麗になるようなものはありませんか？」

「ある……いや、ないな」

「あるって仰いませんでしたか、今」

「いいや、ない！　ないったらない。こうなったらもう一緒に風呂に入るしかない」

「い、韻を踏まないで下さいよ……！」

小夜はしおしおとうなだれ、助けを求めるように牡丹を見つめる。

小鹿のようなその視線にウッと呻《うめ》いた牡丹だったが、

「申し訳ございません小夜様。小夜様のお味方をしたいのは山々なのですが、ご夫婦の背中を押すのもこの牡丹の務め。ここは一つ、裸の付き合いをば！」

　と、押し切られて一緒に風呂に入ることになったのだった。


「……」

「……小夜。小夜、すまなかった。だからこっちを向いてくれ」

「鬼灯様？　小夜様に一体何をなさったんですか？　返答次第では殴りますが」

「何もしていない、と言えば嘘になる……」

「は？　小夜様に一体何をなさったんですか！」

「その……うっかり、手ぬぐいがほどけてしまい……俺の全裸を見せてしまって、」

「最低最悪の度し難い助平ではないですか！　火の神様なんていっても、所詮はただの男なのですね！」

「自宅の風呂で全裸になったことをそこまで責められる謂《いわ》れはないのだが!?」

「おかわいそうに小夜様ったら、お顔が真っ赤です。次は段階を踏んで見せて頂きましょうね」

「そのとりなし方もどうかと思うが……」

＊

冷たい風が吹き抜ける。

小夜が瞬きをしていると、いつの間にか横に鬼灯がいた。

「これは、夢か」

「はい」

夢の中でも、小夜と鬼灯の手はしっかりと繋がれている。現実ではないと分かっているからだろうか、あまり緊張せずに、自然に鬼灯を側に感じられる。

白い霧が辺りに漂っている。鬼灯は警戒するように辺りを見回したが、小夜はただ前を見据えていた。

やがて緩やかに霧が晴れ、広大な庭が二人の前に姿を現した。

鮮やかな紅白の彩りは、立ち並ぶ梅の木によるものだろう。だがそれは生きた花ではなく、花を模した硝子玉だった。よく見れば梅の木そのものは枯れており、ひび割れた枝に、まがいものの花弁だけが静かに咲いている。

「硝子の花か。美しいが、何だか妙な場所だな」

「はい。少し寂しい感じがします」

地面を見ても同じだった。朽ちた葉と茎の上に咲くのは紙の花。自然の流れに従って朽ちようとしている花々を、無理やり美しく見せようとしているのが、より一層寂しさを強調していた。

偽物の花だから、香りがしない。虫も鳥も寄ってこない。生の気配を全く感じさせない庭は、どこか墓地にも似て静まり返っている。

夢の中でも離れられない鬼灯と小夜は、手を繋いだまま庭を進んでいった。二人が地面を踏む足音に混じって、時折吹く風が硝子玉を鳴らす寂しい音が響いた。

「こんな場所を一人きりで歩いていたら、寂しくて仕方がなかっただろうな」

「鬼灯様も寂しいと感じることがあるのですか」

「この場所は誰だってそう感じるだろう。お前と一緒で良かったよ」

「……そうですね。私もそう思います」

やがて小高い丘が見え、その上に異国のしつらえをした東屋《あずまや》のようなものが建っていることが分かった。

そこから誰かが降りてくる。小柄な影は、夢の中だからなのか、意外な速さで二人に近づいてきた。

その女性は簡素な異国の着物に身を包み、黒髪を後ろに纏めている。まなじりを吊り上げ、怒りを露わにしている。

鬼灯は小夜を守るように前に立ったが、小夜は静かに首を振り、鬼灯と並んで女性が近づいてくるのを待った。

険しい表情のままやってきた女性に、小夜は尋ねる。

「ここはどこなのでしょう。あなたはどなたですか」

女性は黙って空を指さした。

二人がその指の先を見ると、薄桃色の空の中に、ぽっかりと丸い穴が出現していた。

「もしかして」

小夜が声を上げる。

「『壺中の天』……」

「なるほど。俺たちは壺の中にいるわけか。それで、お前は壺の精霊か何かか」

女性は眉を吊り上げて鬼灯を睨みつけると、口を開いた。

「ちがう。私は『記憶』だ」

「記憶？」

「お前に苦しめられたものの総体だ。すべての女たちの記憶が人のかたちを成したものだ。私たちは、お前に奪われた。鉄と火によって、全てを」

お前に奪われた、という言葉に思い当たるところがあったらしい。鬼灯は苦虫を嚙み潰したような顔になった。

「そうか。お前は、女たちの総体……。戦によって夫や息子を奪われた、女の思念の群れか」

「そうだ！」

怒りは咆哮《ほうこう》となり、風を巻き起こす。硝子玉の花弁が千切れんばかりに吹き荒れる。

「分かっている。私たちの夫や息子を奪った戦そのものは、お前が原因ではない」

「だが、この世の全ての火は、火を司る神によるものだ」

「ああ。お前が火の神を名乗る以上、全ての戦はお前が引き起こしたものに他ならない。肉を穿《うが》ち、骨を砕くその鉄は、紛れもなく火から生まれ出たものだから」

吹きすさぶ風に小夜の体がよろめく。鬼灯はそれをしっかりと抱きかかえた。

「言い訳はしない。お前に反論することもしない。その憎しみを受け入れよう」

「ちがう」

女性の顔に浮かんでいた怒りがすっと消え、風が止み、静寂が戻ってくる。

どこか穏やかな表情に変わった女は、小夜の方を見やった。

「私に残っているのは憎しみだけではない。彼女がそれを取り払ってくれたから」

「小夜が？」

「ああ。だから私は言葉を取り戻し、火の神よ、お前に語ることができる」

女性は告げた。

「手放すな」

「何だって?」

「その手を離すな、火の神よ。その娘は類まれなる清めの力を持つ者だ。お前に科せられた呪いは、その娘によって解けつつある。お前の利益のために手放すなと言っているのではない。その娘自身が、お前を求めているからだ」

そう言って女性は初めて笑った。泣きたくなるのを堪えているような、悲しげな笑みだった。

「私たちは、ずっと側にいられなかった。私を残していくあの人の手を、どれだけ、どれだけ握っていたかったことだろう……」

「……」

「だからその無念を繰り返すな。共にいたいと願う者の手を、振り払うな」

小夜の胸に、女性の悲しみが伝わってくる。

いつの時代、どこの場所に生きたのかもわからぬ彼女たちは、皆一様に嘆き悲しんでいる。

それは、好きな人と引き離されてしまったから。もっとたくさん喋りたいことがあったのに、もっと一緒にいたかったのに、もっと笑っていたかったのに、あの人は戦場に行ってしまう。

一度戦火に巻き込まれれば、生きて帰ってこられる可能性は低い。もしかしたら自分たちの方が先に死ぬかもしれない。

そんな恐怖と寂しさが、彼女たちの心をずたずたに引き裂く。

「いろんなものを憎んだ。いろんなもののせいにした。けれど結局あの人は戻ってこなくて、私たちは、怒りと悲しみだけをこの壺に注ぎ込んだ」

その怒りが、積もり積もって澱《よど》みとなる。悪いものを引き寄せ、時代を経て、いつの間にか呪いに類されるような負の力を得た。

その力は、火の神の火蔵の中で、呪いとなって表れる。

すなわち「壺の中に手を入れた男女の手を離れなくさせる」という呪いに。

「けれどあなたが、その怒りを清めてくれた。怒りは悪い感情ではないけれど、積もって澱んでしまうと、良くない物の温床となる」

「私が、あなた方の怒りを清めた？　でも私は、着物の清めしかできないはずです」

「いいえ。あなたが私たちを側に置いてくれたから、私たちは清められ、こうして冷静に言葉を交わすことができる」

そうだ、と鬼灯が声を上げる。

「お前が先程言っていたな。俺に科せられた呪いが、小夜の力によって解けつつある、というのは誠か」

「自覚がなかったのか？　呪いは、以前のようにお前を苦しめていないだろう」

「だがこの呪いは、俺より遥かに強い神から受けたものだ。人間が介入できる類のものではない」

　女は憐れむような眼差しを向けた。

「惚れた人間を花嫁にまでしたのに、いつまでも真剣に向き合わないから、そんなことも分からないのだ。ああ、隻眼では仕方がないか」

「何だと？」

「お前は火の神なのだろう。いつだって燎原《りょうげん》の火の如く、大地を蹂躙《じゅうりん》してゆく圧倒的な力を持っている癖に、目の前の小娘一人理解できぬ。愚かだな、火の神」

　憐れむような、どうしようもない幼子を可愛がるような笑い声が響く。まがいものだらけの庭が徐々に遠ざかり、女性の姿もまた霞《かす》んでゆく。

「良いか。決してその手を離すなよ。私たちがなしえなかったことを、どうか、お前たちが繋げておくれ」

　壺の中の夢が終わろうとしている。小夜は自分の意識が遠のいていくのを感じながら、それでもどうにか尋ねた。

「全ての女性の記憶と仰いましたが……あなたは、一体、誰なんですか」

「私は壺。女たちの慟哭と涙を全て受け止めてきた、涙壺《なみだつぼ》だ」

「では、あの夢に出てきた女性が抱えていた物は、涙壺《あなた》だったんですね」

そう口にした瞬間、眠りに落ちる刹那のように、小夜は意識を手放した。

翌朝、目覚めてみると、鬼灯と小夜の手はもう繋がっていなかった。壺の呪いは解けたのだ。

鬼灯は少し残念そうに、空いた片手を見つめている。

その手にそっと指を絡めて、小夜は笑った。

＊

「つまりまとめると、呪いの壺は涙壺で、お嬢さんによって穢れを清められた結果、夢の中で会話ができるようになった、というわけか」

作業部屋の応接用長椅子に座って、事の顚末《てんまつ》を聞いていたのは、本の神である扇だ。

鬼灯と小夜の手が離れた日に、酒を持って鬼灯の家に遊びに来たのだ。まるで見ていたかのような来訪に、鬼灯は舌を巻きつつ、作業部屋へ案内した。

そして、つい先程まで夫婦の身に降りかかっていた出来事を話したのである。

全てを聞き終えた扇は、茶を一口飲んで、

「しかし涙壺というのは、異教の霊薬を溜める壺じゃあなかったか？　偉い人の涙が薬になるとかいう。あとは、同じ名のついた焼き物もあるな」

「恐らくは字義通りの意味だ。嫁いできて、姑《しゅうとめ》や夫に辛く当たられ、台所で密かに涙を流す花嫁の、唯一のはけ口だったんだろう」

「ははん。姑や夫の愚痴をこぼしたり、怒りをぶちまけたりするのにちょうどいい入れ物が、その涙壺だったわけだな」

涙壺。女が一人で涙をこぼすときの受け皿のようなものだ。

滴る雫《しずく》そのものはすぐに乾いてしまうけれど、壺は女たちの悲しみを受け止め続けた。そうして涙壺になったのだ。

「あの壺からは、時代も国も様々な女たちの思念が、微かだが感じられた。恐らく、代々女から女に手渡された品だったんだろう」

「その壺の呪いの効果が『壺の中に手を入れた男女の手を離れなくさせる』というのが、泣かせるというか、健気というか」

「手を入れた男女の仲を引き裂く、という効果でもおかしくはなかったな」

頷いた扇は、にやりと笑って、身を乗り出した。

「だが俺は嬉しいぜ。お前の顔が元に戻ってな」

「やはり、元通りに見えるか。呪いの影響で、俺は二目と見られぬ醜い姿になっていたはずだが」

「嫌みったらしいくらい元通りだぜ。呪いはほぼ消えかかってると見て良いだろう」

「原因は――何だと思う」

隻眼を眇《すが》め、扇の様子を窺う鬼灯。扇は苦笑いを浮かべた。

「言っておくがな、お前の美貌で睨みつけられると、心臓を鷲掴《わしづか》みにされたような気になるんだ。俺たちは親友だろ？　そう睨むな」

「お前の意見を聞きたいだけだ」

「推測しか言えんぞ。お前の呪いが弱まり始めた時期を考えれば、やはりお前の花嫁が原因だと考えるのが妥当だろうな」

やはり、と鬼灯は呟いた。扇は手の中で茶碗をもてあそびながら、

「分からないのは、彼女になぜそんなことができたのか、という点だ。清浄な気、優秀な巫の血に、清めの異能。確かに類まれな力だが、とてつもなく強いわけではない」

「ああ。小夜程度の娘であれば、百年に一度は現れるだろう」

それでも十分に凄いことだが、鬼灯にかけられた呪いは天照大神によるものだ。その呪いを上回る力を小夜が持ち得るかと言えば、答えは否だ。

そもそも、呪いを清めるとは口で言うほど容易いものではない。巫はもちろん、神でさえ至難の業だ。

豊玉姫ほどの力を持つ神であれば可能だろうが、いずれにしても一人の少女が気安く行えるものでもない。

「話が少し面倒になるな、鬼灯？」

「ああ。小夜は天照大神様の呪いをも清め得る稀有《けう》な存在ということになる。欲しがる人間や神は掃いて捨てるほどいるだろう」

鬼灯の金色の目がぎらりと光った。それはさながら伏して獲物を狙う獅子《しし》の如く、剣呑な気配を帯びていて、扇は思わず身震いした。

「だがあれは、俺の花嫁だ」

「分かってるからそう睨むな！　俺は本の神、火気厳禁なんだよ！」

火の神の容赦ない眼差しに抗議する扇。鬼灯はふっと息を吐いた。

緊張を解いた扇は、椅子の背もたれに体を預け、にやっと笑った。

「――惚れたか」

「最初から惚れてる。惚れているから、いずれ手放すつもりだった」

何気ない言葉に扇は姿勢を直す。

「それはお前が、呪われているからか」

「ああ。小夜の異能があれば、他のもっと良い神に嫁ぐことも難しくはない。嫁がずとも、豊玉姫様や天照大神様のような、高貴な女神に仕える道もあるだろう。その道の方が遥かに清らかで、安全で、小夜のためになると思っていた」

「過去形だな。まあ、既に分かっちゃいるだろうが、お嬢さんはお前の所にいた方が良いと俺も思うぞ」

「何故《なぜ》だ」

扇は足を組み、茶に添えられた干菓子を口に放り込んだ。

「今の所お前以外に、彼女を守ることのできる神が思い当たらん。呪いを清められる人間だぞ、誰も彼もが彼女を欲しがる。彼女を守る為には屈強な護衛が必要だ」

扇の目が、鬼灯の隻眼に呼応するように光る。

「お嬢さんは優しい人だ。彼女の力を悪用しようとする人間や神に翻弄されないとも限らない。悪意の渦の前に、彼女は木っ端のように無力だろう」

「俺の花嫁を木っ端扱いか。――だがお前の言葉には一理ある。小夜は周りに抗う強さを持っていない。持つことを許されなかったからな」

「故に、お前が守ってやらねばならない。花嫁に迎えた責任を取れ。彼女を手放すな」

「あの涙壺と同じことを言う。……言われなくても分かっている。他の神の側にいた方が良いなどというのは、我ながら怯懦《きょうだ》な考えだった」

「おお、火の神の口からそんな言葉を聞けるとは。やはりあのお嬢さんは面白い！」

他人事《ひとごと》のように扇が笑ったところで、作業部屋の扉が静かに開いた。

小夜だ。手にした盆の上には、徳利《とっくり》に青磁の猪口《ちょこ》と、小皿がいくつか置かれている。

「お話し中に失礼致します。頂いたもので恐縮ですが、お酒を持って参りました」

扇は喜色を浮かべて小夜を手招きした。

「前に見たときより各段に美しくなったな」

急な誉《ほ》め言葉に戸惑った様子を見せながらも、小夜は手早く配膳してゆく。

並べられた酒肴《しゅこう》は、蕗《ふき》の佃煮《つくだに》に里芋の煮っころがしと鯛《たい》の刺身だ。少量だが、酒のつまみには程よい品揃《しなぞろ》えである。

酌をしようと徳利を手に取った小夜を押し止《とど》め、鬼灯は自分で徳利を持ち、扇の酒器に注いだ。扇が苦笑しながら抗議する。

「酌くらいしてもらっても良いだろう！」

「黙れ。俺だって小夜に酌をしてもらったことがないのに」

「悋気《りんき》な奴だな。それほど警戒せずとも……」

扇はちらりと小夜の着物に目をやる。

夫の名である鬼灯の柄の入った着物が、これは俺のものである、と声高に主張している。いっそ苦笑したくなるほどあからさまだ。

しかも小夜の様子を見るに、嫌々その着物を着ているわけではないようだ。

「ま、新婚夫婦の家を訪ねるんだ。この程度の惚気は我慢しないとな」

扇はそう呟くと、酒をくっと呷《あお》った。

＊

作業部屋を後にした小夜は、台所に戻る。

牡丹は扇の土産である酒を飲んでいた。卓上には、あの白い壺が置いてある。

「今この壺と女同士で愚痴ってたところです。小夜様も飲まれますか？」

「私はいいわ。壺はなんて言ってた？」

「特には。ですが、同じ付喪神のよしみというんでしょうか。何となく言いたいことがわかるんですよね」

くすっと笑って、牡丹は白い壺を指先でつつく。

「付喪神同士って、言いたいことがわかるものなの？」

「向こうが怒っているか泣いているか、くらいしか分かりませんね。この壺、初めて見た時は凄く混乱して、黒く澱んでて、大変そうだなと思ってたんですよね。次会ってみたら、変な呪いの壺なんかになってるし、波乱万丈ですよねえ」

「『壺の中に手を入れた男女の手を離れなくさせる』って、呪いと言えるのかしら」

「厠に行くたびに泣きそうになっていた方が、何を仰るのやら。……まあ、言いたいことは分かりますよ」

牡丹は壺の縁《ふち》をそっと撫でた。この中に、あの庭が広がっているのだ。

「相手を引き裂く呪いじゃなくて、無理やり結びつける呪いだったってところが、私好きなんです。なんて言うか、矜持《きょうじ》がありますよね」

「矜持？」

「自分がされた嫌なことって、誰かにやり返したくなってしまうでしょう。自分がこんな苦しみを味わったんだから、お前も同じ目にあってしまえ、という気持ちになるんです。小夜様にはお分かりにならないでしょうけれど」

「そんなことないわ」

「だけどこの壺は――この壺に涙を注いだ女性たちは、その葛藤を乗り越えて、次に出会った男女が、二度と離れないで済むようにと願ったわけです。まあ、その願いが歪んで、呪いという形になってしまったわけですけれど」

照れ臭そうに言った牡丹は、手酌で自分の猪口に酒を注ぐ。

よく見れば、白い壺の前にも、酒の注がれた猪口が置いてあった。小夜はふと口元を緩める。

「厠もお風呂も一緒なのには困ったけど……。確かに、この壺には大切なことを教わったわ」

「大切なこと？」

「本当に欲しいものは、手放しちゃだめなんだ、ってこと」


それからしばらくの間、穏やかな日々が続いた。

鬼灯は勾玉作りに集中し始め、作業部屋にこもることが多くなっていた。

多忙な中でも、小夜に文字を教える時間は必ず確保し、二人で過ごす時間を作った。

仲睦まじい夫婦は、これからもこうして、少しずつ距離を縮めていけるのだと思っていた。

ある日、小夜の父親が、火蔵御殿を訪れるまでは。

六章　悪意と反撃

異変に気づいたのは牡丹だった。

行商人から新鮮なあさりを笊《ざる》いっぱいに買って戻った牡丹が、顔を歪めながら、真っ先に小夜に告げたのだ。

「火蔵御殿の入り口に、人間の男が立っています。——石戸家の当主です。お母様の遺品を全て捨てた、あの男がいます！」

小夜はきょとんとした顔をしていたが、怒りに震える牡丹が、危うく床にあさりをぶちまけそうになったところで、はっと唇を引き結ぶ。

石戸家の当主。小夜の実父であり、彼女を猩々に売り渡した男。

「お父様がどうしてここに……？」

「小夜はここにいろ」

いつもの作業着ではなく、銀鼠色の着物に着替えた鬼灯が、台所の戸口に立っていた。その眼差しは鋭い。

火蔵御殿の来客は、主である鬼灯にすぐ伝わる。だから鬼灯は、男が訪れるや否や、身なりを整えたのだ。

「今更婚姻を祝いに来たという様子でもなさそうだ。牡丹、小夜を頼むぞ」

頷いた牡丹は、緊張した面持ちで小夜の傍らに立つ。それを一瞥した鬼灯は、門の方に向かった。

術を用いて門の前に現れると、石戸家の当主は驚いたように鬼灯の顔を見た。突如として現れたことに驚いているわけではなさそうだ、と鬼灯が判断したのは、当主が「やはり呪いが……」と呟いたからだ。

鬼灯の容姿が戻っている。すなわち、天照大神からの呪いが解けかかっている。

石戸家の当主はそれを理解しているのだ。落ちぶれたとはいえ、伊達に長く巫の家をやってきたわけではないらしい。

「石戸家当主よ。我が火蔵御殿に何用か」

「おお、火の神様、鬼灯様。我が娘がお世話になっております」

「石戸家は小夜を追い払い、猩々に売り飛ばしたのでは？」

「滅相もない！　何かの勘違いでございましょう。猩々どもは、こう言っては何ですが、がめつい商人でありますからな。話がねじ曲がってそちらに伝わってしまったのでしょう」

耳にこびりつくような追従《ついしょう》の笑い声。鬼灯は顔をしかめ、低い声で再度尋ねた。

「繰り返す。何用か」

「いえ、大したことではございませぬ。鬼灯様が、小夜一人で満足されているか、少しばかり不安になりまして」

「大いに満足だ。話はそれだけか」

「い、いえ。あの娘には石戸家の巫に必要な知識を教えておりませんでした。立ち居振る舞いも粗野な使用人そのもので、さぞやお見苦しかったでしょう」

「お前の今の顔より見苦しい姿を小夜は晒したことがない。満足だ、俺には過ぎた良い花嫁だと感じている」

その言葉に石戸家の当主は、歪んだ笑みを浮かべた。

「我が石戸家の珠玉の娘をご存じないからそう仰るのでしょう。お恥ずかしながら、あの無教養な娘は文字さえ読めない」

「それはお前たちが、彼女に何も教えなかったからだろう」

鬼灯が怒気を込めてなじると、熱風が石戸家の当主を襲った。腕で顔を隠しながら、それでも彼は怯まない。

「小夜なんぞよりもっと良い娘が石戸家にはおります。桜という娘です」

石戸家の当主の後ろから、すっと姿を現した桜は、艶やかな微笑みを浮かべた。

通常の神であれば目を奪われるであろう美少女だったが、鬼灯は眉一つ動かさずに桜を見下ろす。

「不要だ。帰れ」

「そのように酷いことを仰らないで下さい、鬼灯様。私たちはただ、あなた様にお仕えしたいだけなのです」

「断る。そもそも今まで気配を隠していたような姑息《こそく》な娘を、火蔵御殿に迎える気はない」

鬼灯はそう言い捨てて踵を返した。去ろうとする火の神の背中に、桜の声が投げつけられる。

「小夜に想《おも》い人《びと》がいたことを、ご存じでしょうか」

鬼灯の足がぴたりと止まる。振り返った火の神の顔は強張っていた。

とりつくしまもなかった火の神の急所を、桜は上手く衝いたらしい。

「どういうことだ」

「言葉通りの意味ですわ、鬼灯様。小夜には思いを寄せた人間がいたのです。私は見たことがあります。あの子が人知れず逢瀬《おうせ》を重ねていたところを」

桜は声を震わせ、着物の袖で目元を覆った。

「かわいそうな小夜。素敵な殿方と思いを交わしていたのに、お父様のせいでその方から引き離されて、見も知らぬ神様に嫁がされるなんて……！」

鬼灯は探るように桜をねめつけている。

「私、最近その殿方から手紙を受け取りましたの。せめてこれを小夜に届けさせて頂けないでしょうか」

「その手紙は私が小夜に渡そう」

「いいえ。小夜は文字が読めませんから、私が読み上げてあげなくては。……血は繋がっていなくとも、私は彼女の姉です。せめてこのくらいの仕事はやらせて下さいな」

「姉？　文字も教えぬまま、使用人として小夜を虐げていたくせに、よく言えたものだ」

「違います、それは私の母から強要されていたことなのです。母に従わなければ、私は水に顔を沈められて折檻《せっかん》されるのです。私も小夜も、母の被害者なのですわ。どうか信じて下さいませ、鬼灯様」

桜は美しい着物が汚れるのも意に介さず、門の前で膝をつき、頭を垂れた。石戸家の当主も慌てて同じように頭を下げる。

微かに顔を上げた桜は、懇願するような眼差しで鬼灯を見上げた。

やがて鬼灯は小さく嘆息すると、

「良いだろう。手紙を渡したらすぐに帰れ」

「ありがとうございます！　父は門の前で待っていてもらいますわね」

鬼灯は桜を火蔵御殿の中に招じ入れた。

──その瞬間、結界に僅かな綻びが生じる。ほんの微かな穴、極小のほつれではあったが、確実に外敵の侵入を許すものであった。

ぬるりと蛇のように忍び込んだ気配が、鬼灯も気づかぬまま、屋敷へ一直線に向かってゆく。

鬼灯は、桜を伴って屋敷の中に戻った。

小夜がいるはずの台所に足を踏み入れ──絶句する。

そこに小夜はいなかった。牡丹もいない。

あるのは白い壺と、その前にある割れた鳥の木の像だった。

「牡丹!?　お前、どうして……いやそれよりも、小夜はどこだ!?」

「小夜はこちらですわ、鬼灯様」

桜はにたりと蛇のような笑みを浮かべ、手にした手紙を素早く広げた。

血のように赤い文字が鬼灯の隻眼に飛び込んできて、網膜に焼き付く。

鬼灯がくらりとよろめいたのを、桜の優しい手が支えた。火の神の鼓膜に、呪詛《じゅそ》の籠った言葉を注ぐ。

「『大丈夫ですわ、鬼灯様。小夜はここにおります』」

「さ、よ……?」

美しい金色の瞳に、どす黒い赤色が混じる。濁った瞳が見つめる先に小夜はいないというのに、鬼灯の口は小夜の名を形作っている。

桜はその白いかんばせを歪めて、嗤《わら》った。

＊

全ては一瞬のことだった。

台所の戸口から現れた浅黒い肌の青年は、小夜をかばう牡丹の体を、手にした刀で真っ二つに切り裂いた。

ごとりという音と共に、洋卓の上に割れた木彫りの鳥が落下する。

あまりにも手早く行われた襲撃に、小夜は瞬きさえできずにいた。

彼女の目の前には、黄金色の髪を持つ、見たこともない男神がいる。目をぎらつかせ、刀を持っていない方の手で乱暴に小夜の腕を摑む。

その瞬間、火花が散るような音がして、男神は慌てて手を離した。鬼灯の加護が働いているのだ。

男神は舌打ちすると、何の躊躇《ちゅうちょ》もなく刀を振りかぶり、小夜の頭上に振り下ろした。

鉄がぶつかり合うような音と共に、鬼灯の加護が見えぬ盾となり、その刀を押し止める。激しく跳ぶ火花の向こうに小夜は、おぞましい顔で笑う男神の顔を見る。

「火の神の加護か、忌々しい……！　だが、俺がこの屋敷に侵入できた時点で、その加護には綻びが出来ている。必ずやその加護を打ち砕かん！」

男神の振りかざす刀が、赤黒い神気をまとう。禍々しいそれは、鬼灯の加護をじりじりと削いでいった。

やがて鬼灯の加護が競り負け、激しい火花と共に小夜は後ろに弾き飛ばされる。椅子にしたたか頭をぶつけ、目の前が眩《くら》んだ。

立ち上がって逃げなければならない、そう思うのだけれど体が上手く動かない。

無遠慮に伸ばされる男神の手に、小夜は噛みついた。自分でもそんなことができるとは思わなかったが、男神も驚いたような顔をしていた。

だが、小夜の抵抗はそれだけだった。男神の手が額にかざされると、視界が狭まるように意識が遠のき、体の自由を失った。


――それが、もう何時間前のことなのだろう。

気づくと小夜は暗い部屋に閉じ込められていた。

小夜の体はどこにも繋がれていないし、そもそも部屋は上等な屏風や襖絵のある豪華なもので、部屋だけ見れば丁重に扱われているように感じられるだろう。

けれど、小夜はこの部屋のどこからも出られない。

襖はびくともしないし、障子は開けられるものの、その先には結界が張られていて出られない。飾られた調度品は、緊張しているかのように何も語らず、手がかりさえつかめなかった。

まだ真っ暗にはなっていないが、いずれ闇夜が訪れたら、逃げるのが難しくなる。早く行動を起こさなければ、と気持ちだけが逸《はや》る。

「牡丹、大丈夫かしら……！　鬼灯様が気づいて下さると良いのだけど」

付喪神である以上、その魂が失われなければ、人の体を取り戻すことができる。だが魂があっても、木彫りの鳥そのものが消失してしまうと、二度と牡丹には会えなくなる。だからあの真っ二つになった木彫りの鳥を、どうにかして修理しなければならなかった。

でも、台所に現れた妙な男神は、鬼灯の目をかいくぐって火蔵御殿に侵入してきたと言うことは、鬼灯ももしかしたら危ない目に遭っているかもしれない。

鬼灯と牡丹の身を案じて、うろうろと部屋を歩き回っていた小夜だったが、近づいてくる足音に気づいた。

体を強張らせて、障子を睨みつける小夜。勢いよく障子を開け放して入ってきたのは、一人の青年だった。

黄金色の髪に、太陽に愛されたような浅黒い肌。快活な眼差しは髪と同じく金色に輝いている。

「あなた、牡丹を切った方ですね？　どうしてあんなひどいことを……！」

「どうしてと問われても、俺の本分は戦だからな。目にした邪魔なものは切り捨てるのみ」

剣呑な笑みを浮かべたその神は、部屋の中にある座布団にどっかと腰を下ろした。血とも鉄ともつかない臭いが立ち上る。

「俺の名は赤金《あかがね》だ。お前は小夜だな。愛らしい名だ」

今のところは、これ以上酷いことをされるわけではなさそうだ、と悟った小夜は、おずおずと赤金を観察する。

鬼灯や扇ほどの神威は感じられない。だがこの年若い神は、鬼灯の加護を打ち破ってしまった。何かからくりがあるのだと思うが、用心に越したことはない。

「私を鬼灯様の所へ帰して下さい」

「帰しても良いが、あそこには既に石戸家の娘がいるぞ？」

赤金が何を言っているのか、一瞬理解できなかった。

石戸家の娘――それはつまり、桜ということだろうか。

「火の神は心変わりしたんだ。だから俺が代わりにあんたをもらい受けた！」

「それは……嘘です！」

「誠だとも。その証《あかし》を見せてやる」

そう言って赤金はいそいそと鏡を取り出す。妙に可愛らしい花の模様が入った、持ち手つきの鏡で、

「ここをこうして、と」と何かを弄っている様子だ。

やがて鏡面にぼんやりとした像が浮かび上がる。赤金は嬉々《きき》としてそれを小夜に見せつけた。

そこには、桜にかいがいしく世話をされながら食事をとる鬼灯の姿があった。

『はい、鬼灯様。お口をあけて』

『……ん』

『美味《おい》しいですか？　こちらのふきのとうの天ぷらも召し上がって下さいね』

鬼灯は卓上に広げた図面を睨みつけながら、鳥の雛《ひな》のように口をあけて、食事を運んでもらうのを待っている。

小夜は思わず両手で口を押さえた。そうでなければ、みっともなく悲鳴を上げてしまいそうだった。

その上、台所の片隅に、白い壺と割れた木彫りの鳥が落ちているのを見つける。

牡丹だ。あの様子では、今にも処分されてしまいそうだ。

「鬼灯様……？」

牡丹に辛辣だったとはいえ、鬼灯が牡丹を壊れたままにするはずがない。

なのに、小夜の夫だった神は、桜に面倒を見られながら、牡丹のことなど気づいてもいないかのように、図面に没頭している。

『……悪いが、二階から文献を取ってきてくれないか。鍛造法と書かれた書物の、三巻と五巻を頼む』

『承知致しましたわ。これからは鬼灯様のお仕事のお手伝いも任せて下さいね』

『頼む。文字が読めるというのは良いな』

小夜の心に棘《とげ》が突き刺さる。抜けそうにない、太い棘だ。

鏡の中で桜が嬉しそうに笑う。それに応えるように鬼灯が微笑んだその瞬間、小夜の心は砕けてしまいそうになった。

——あの笑みが、自分以外に向けられるところなんて、見たくなかった！

呆然とする小夜を認め、赤金は鏡を伏せる。もう十分だと思ったのだろうか。

実際ありがたかった。小夜はこれ以上の衝撃に耐えられる自信がなかった。

視界が眩んで、感覚が遠のく。世界が薄紙一枚隔てた向こうにあるようだ。これが現実のものとは到底思えなかった。

でも、と小夜の心の冷静な部分が呟く。夢が覚めただけなのかもしれない。

自分が鬼灯のような神の花嫁として暮らせたこと自体が、奇跡だったのだ。

たとえ掃除人としての役目しか果たせなかったとしても、三食食べさせてもらって、文字も教えてもらった。

それだけで、十分のはず。――本当に？

心を千々に乱している小夜を、赤金は満足そうに見下ろしている。

「見ただろう？　あんたの居場所はもうない。だから俺に嫁げ。俺なら絶対にあんたを幸せにしてやれる！」

「申し訳ございません。無理です……」

「馬鹿を言え。石戸家から勘当されたあんたは、何の後ろ盾もないただの娘じゃないか。俺との婚姻を拒否できる立場なのか？」

赤金の言う通りだった。

鬼灯が自分を必要としていない今、小夜が行く場所はどこにもない。

「ここは宵町の宿屋の一室だが、俺の花嫁になれば、もっともっと広い部屋に住まわせてやる！　ここより豪華で派手で、何でも壊していい部屋だ！」

「……そう、ですね」

「もちろん掃除なんてしなくていい。花嫁としていつも家でゆっくりしていてくれ。俺が戦で血の穢れを背負って帰ってきたら、清めてくれるだろう！」

無邪気な赤金の声を遠くに聞きながら、小夜はぼんやりと座り込んでいた。

＊

強烈な違和感が鬼灯を苛んでいる。

右手だけを別の着物に突っ込んでいるような、世界が一つずれているような。

何かが明らかに違うのだ。けれどその何かが分からないまま、強制的に時間が進んでゆく。

鬼灯は何度もそれに抗おうと試みるのだが、そのたびに赤い蛇のような模様が目の前でのたうって、考える力を削いでしまう。

違和感は日に日に大きくなる。鬼灯は心臓が疼《うず》くような苦しみを覚え始めていた。

＊

桜は感心したような声を上げた。

「お母様って、本当に凄い巫でいらしたのねえ」

『今更何ですか』

鏡越しの母親は澄ました顔でいる。

桜は、火蔵御殿の寝室で、遠見の鏡を用いて母親に連絡を取っているところだった。

「あんまり簡単になりすませたから、驚いてしまったわ」

『火の神にかけられた呪いの種類が分かれば、弱点もわかるというものです。その弱点に上手く刺されば、催眠術をかけること自体は難しくない。と言うか、誰もこのことを思いつかなかったのが不思議だわ』

「誰もお母様みたいに賢くて性悪じゃなかったということね」

くくっと笑って、桜は行儀悪く頬杖《ほおづえ》をついた。

「あの火の神は相変わらず私のことを小夜だと思ってるわ。それはそれはお優しく扱って下さってよ。今度宵町に行くから、お母様のお着物もおねだりしてくるわね」

『友禅でも仕立ててもらって頂戴。あの術を仕込むのは面倒なのだから』

「あの鉄の神に隙を作ってもらえて良かったわね」

『そうでもしなければ、人間ごときが火の神に催眠術をかけられるわけないでしょう』

桜とその母親は、宵町で小夜と鬼灯を見かけてから、密かに逆転の策を練っていた。

既に石戸家の名声は地に落ち、金庫に残る財産も僅か。

ゆえに桜は乾坤一擲《けんこんいってき》の策を考えた。

すなわち『小夜と自分の入れ替わり』だ。火の神の二人目の花嫁になることも考えたが、それにはあまりにも小夜が邪魔すぎた。

だから、成り代わることにした。

桜の母親は、自分の命令を相手の意識に刷り込む催眠術を得意とする巫だった。

鬼灯の意識の深い場所に、桜が小夜であるという偽りの真実を植え付ければ、あとは桜がその手練手管で鬼灯を骨抜きにし、名実ともに桜が鬼灯の花嫁になればいい。

火の神ともなれば金は唸るほど持っているだろうし、力も申し分ない。呪われていると聞いていたが、どういうわけか、その呪いもだいぶ解除されているようで、顔の作りも文句なしの美形だ。土の神どころか、水の神だって足下にも及ばないだろう。

『そうだわ、鉄の神にはきちんとお礼をしたのでしょうね？　神に礼儀を欠くと、あとで酷い目に遭いますよ』

母親の小言に、桜は軽薄な笑いを返す。

「当然よ！　あれが随分とご執心だった小夜をくれてやったわ。今頃は仲良くやってるんじゃないの」

宵町で、鉄の神が小夜を見る目線は熱烈だった。独占欲、羨望、嫉妬が迸《ほとばし》っていて、だから桜はそこに目をつけたのだ。

桜は、小夜には想い人がいたという嘘をつき、鬼灯に隙を作った。その間隙を見事に衝いて、鬼灯に催眠術をかけることに成功する。

この催眠術のせいで、火蔵御殿における鬼灯の加護が、一瞬だが弱まった。その一瞬が、母娘の狙いだった。

加護が弱まった時を見計らい、鉄の神を向かわせた。あそこにはお前が焦がれる小夜がいる、上手く攫《さら》えたら、そのまま自分のものにしていい——とそそのかして。

母娘の目論見《もくろみ》は完璧にうまくいった。

『宵町に行くときは変装の術を使うのよ。第三者に、お前が小夜ではないことを見破られないように』

「分かっているわ、お母様。任せておいて」

桜は上機嫌に笑って母親との会話を終えると、今度宵町に行った時に買ってもらう着物のことを考え始めた。

*

宵町を足早に歩く赤毛の男は、猩々の鳴海だった。

彼は鉄の神と人間が華燭の典を挙げるということで、宵町の宿屋にやって来ていた。この猩々は、神への商いであれば、冠婚葬祭何でも請け負うほどには腰が軽い。

鉄の神はまだ年若いが、花嫁を娶るにはよい頃合いだ。血気盛んな神のために、鳴海は派手なしつらえを考えながら、宿屋の裏手に回った。

一見するとさほど大きくは見えない宿屋だが、中は迷宮のようになっていて、望まない来訪者を退ける仕組みになっている。自らの来訪を告げると、宿の小間使いが鳴海を奥の間に通した。

通された間は簡素な応接室だった。鉄の神は上機嫌な様子で鳴海を出迎え、早速結婚式のしつらえの話を始めた。

笑顔でそれに答えていた鳴海だったが、鉄の神が背中を向けている方の襖から、妙な気配を感じていた。向こうにもう一間あるようだが、ずいぶんと厳重な結界が展開されている。

「して、その花嫁はどんなお方なのでしょう？」

「黒髪の美しい乙女だ！　俺に相応しい異能を持っている。だが猩々などには紹介せんぞ、かどわかされて売り飛ばされるかもしれんからな」

「ははは、あなたのようなお強い神の花嫁をさらうほどの度胸はありませんよ」

朗らかに笑った鳴海は、一瞬考え込んだ。

それからさっと立ち上がると、中座の無礼を詫《わ》びながら、板張りの廊下に出た。

結界が張られた隣室へ足を踏み入れようとしても、見えない壁が立ちはだかっているようで、びくともしない。鳴海は少し驚いた。

「鉄の神にしてはずいぶんと用心深いのだな。花嫁を見せびらかしたがる類の男だと思っていたが……」

見栄《みえ》っ張《ぱ》りの若い男神が、こうも厳重に花嫁を閉じ込めておくということが、鳴海には信じられなかった。

このように隠すということは、実はただの醜女《しこめ》なのだろうか。

それとも——公にできないような類の女なのだろうか。

鳴海の好奇心が疼く。鉄の神の手の内を今のうちに探っておきたい気持ちもあった。乱暴者で知られる鉄の神は、時に支払いを踏み倒すこともあると、小耳に挟んでいたからだ。

「どれ、拝見させてもらおうか？」

結界の中には入れないが、中を窺うくらいの術は使える。鳴海は指を二度鳴らしてから、空中に円を描くような仕草をした。

そこから隣室の様子を覗き見た鳴海は、見知った顔を見つけて驚愕《きょうがく》した。

「あなたは、火の神に嫁いだ小夜様ではありませんか！」

艶やかな黒髪、良い香りのする血、清浄な気。見間違えるはずもない。石戸家から買い取った後に火の神の花嫁になった娘、小夜だ。

「あなたは……猩々の鳴海さん！」

「随分とお綺麗になられた！　前は棒きれのように痩せていらしたが、今はすっかり見違えて、天女様のようだ」

「いえ、そんな……」

「しかし妙な話もあったものです。火の神様に嫁いだ小夜様が、どうして鉄の神様の花嫁の部屋にいらっしゃるんですか」

　尋ねると小夜は悲しそうに俯いた。

「無理やりここに連れられて来たのだと、思っていたのですが……。鬼灯様はどうやらもう私のことは必要なくなったようなのです。私の義理の姉、桜様がいらっしゃいましたので、花嫁の役目は桜様が果たして下さるかと」

「はあ？」

　鳴海は思わず素を出してしまう。驚いた顔をする小夜を見て、慌てて商人らしい友好的な仮面を被り直す。

「必要なくなった？　そんなはずがありません。鬼灯様と小夜様は、それはもう仲睦まじいご様子だったではありませんか！」

「鬼灯様は、火蔵御殿の掃除の為に私を引き取って下さったのです。花嫁というのは便宜上の立場で、仲睦まじく見えていたのは、鬼灯様がお優しかったからでしょう」

小夜は痛々しい笑みを浮かべる。

「鬼灯様の呪いが弱まっていたのは、人間の花嫁を迎えられたからだと思うのですが、桜様ならきっと私よりも早く鬼灯様の呪いを清めて差し上げられると思います」

「はい？　お待ち下さい小夜様、今何と仰いました？」

「鬼灯様の呪いが弱まったのは、人間の花嫁のおかげ、と言いましたが……。何か妙なことを申し上げましたでしょうか」

怪訝そうな顔をする小夜を見、何か考え込むように宙を見ていた鳴海だったが、はっとしたように顔を上げた。

「いかん、あまり鉄の神を放置してもまずい。一つ教えて下さい、小夜様。——あなたはここから出て、鬼灯様に会いたいと思っていますか？」

小夜の黒曜石のような瞳が潤む。涙が零れる、と思った瞬間、小夜はきっと顔を上げた。

「はい。もう一度鬼灯様に会いたいです。鬼灯様がどうして急に桜様を迎えられたのか、分かりませんが……。私のことがもう必要なくなったのであれば、せめてそれを鬼灯様の口から聞きたいです。そうでなければ、私、諦められません」

決意を湛えた眼差しが、まっすぐ鳴海を射貫いた。求めていた言葉を手にした鳴海は、白い歯を見せて笑った。

「そういうことなら、この鳴海めにお任せを！　鉄の神様に別段恨みはございませんが、鬼灯様は私猩々どもを御贔屓にして下さっているお客様だ。何しろ、六人もの花嫁に宴席を台無しにされても、式典代は満額払って下さいましたからね。その分は働かねばなりますまい」

心強い言葉に、小夜は安堵したように微笑んで頷いた。

「でも、どうすればいいでしょう？　この結界は、かなり厳重にできています」

「そうですね。我ら猩々の術では破れそうにありませんが……。まあ、そこをどうにかするのが、便利屋の猩々の務めというもので」

鳴海は不敵に笑うと、再会を約束して小夜の前から去った。

「おお、遅かったな猩々！」

「いえ、少し演出の方法を考えていましたもので。花嫁様が登場されたら、桜の花を咲かせるというのはいかがでしょう？　室内を春爛漫《はるらんまん》にしてしまうのです」

「桜か。俺の力とは相性が悪いが、花嫁の可憐な雰囲気には合うかもしれんな」

「それから花火も打ち上げましょう。宵町全体に花嫁を見せびらかすのです」

見せびらかすという言葉が、鉄の神の自尊心をくすぐったらしい。彼は前のめりになって、ああでもないこうでもないと花火の構想を練ってゆく。

猩々はそれをにこにこと聞きながら、頭の中で素早くそろばんを弾いていた。

鉄の神との打ち合わせを終えた鳴海は、急いで屋敷に戻ると、仲間の猩々に声をかけた。

いずれも、小夜を知っている猩々の女たちだ。彼女たちは小夜が鉄の神の花嫁として扱われていることを聞くと、好き勝手に喋りだした。

「鬼灯様の方から小夜様を追い出したの？　なぜそんな勿体ないことを！」

「いや、そんなことよりもっと重大なことがある。小夜様は――鬼灯様の呪いが弱まっている、と仰ったんだね？」

年かさの猩々の言葉に、鳴海は頷いた。

「ええ。鬼灯様の呪いが弱まっている、それは人間の花嫁を迎えたからだと小夜様は仰いました」

「確かに、神は人間の花嫁を迎えることで、その力を強くするものだ。だが、天照大神様の呪いを弱めるほどの効果はないはずだよ」

「では小夜様が嘘をついたということでしょうか」

するとー人の猩々の娘が手を挙げて、

「鬼灯様の呪いが弱まっているというのは本当だと思うわ。宵町で見かけた鬼灯様は、それはお美しかったもの」

「顔の醜さを理由に、六人の花嫁に断られた鬼灯様がか？」

「ええ。他の神も、鬼灯様が本来のお姿を取り戻しつつあることを、分かっていると思う」

「では呪いは確かに弱まっているのでしょう。理由は分からないが、これだけは明白だ。全ては小夜様が嫁がれてから起こっている」

　計算高い猩々たちは素早く目線を交わす。

「元より貴重な家柄と清浄な気を持つお方だ。恩を売っておけば後々利益があるかも」

「私たち猩々のもとで保護しましょうよ。そうしたら神々と交渉する時も有利になるわ」

「いや、どうでしょうね。もし小夜様にそれだけの力があるのなら、俺たちだけでは守り切れない可能性があります。それに余計な揉め事も増えそうだ」

　猩々たちとしては、小夜程の力を持つ娘を手元に置いておいて、何かあった時の切札にしたいという気持ちはある。だが、切札として機能させるためには、小夜を守り通すだけの力を有していなければならない。

　商人としてあちこちに顔を売ってはいるものの、人間や神々の世界からつまはじきにされている猩々たちに、小夜を守り切る力はない。

「俺は今まで通り、鬼灯様のもとで庇護《ひご》されていた方が良いと思います。それに、俺が思うに彼女の力は、鬼灯様と共にいるから発揮されるんじゃないでしょうか」

「どういうことだ、鳴海」

　鳴海は懐から小さな帳面を取り出した。

「石戸家について調べてみたんですよ。名家ではあるが、優れた異能を持っていたからというよりも、世渡りの上手さでその座に成り上がったという印象ですね。小夜様の優れた才能は、御母堂の出である冷泉家の血によるものでしょう」

　冷泉家は優れた巫を輩出する家系で、帝都の鎮護を主たる任務としている。悪《あ》しき物の怪やあやかし、神々から帝都を守っているのだ。

　彼らは清めの力にも長けている。それが小夜にも受け継がれたのだろう。

「そして鬼灯様。火の神というと、竈や鉄といった便利なものを司る側面が重視されるが、そもそも火というのは水と同じく清めの力を持っています。鬼灯様はあまりそのお力を使われないが」

「そうか。浄化の側面を持つ火の神と、祓いや清めの力に長けた家の血を引く娘が、婚姻関係で結ばれたら……。確かに、呪いを弱める程の力を持ちうるのかも知れない」

「でも、相手は天照大神様だよ？　そんなにうまくいくかな」

猩々の娘の疑問ももっともだ。火の神と優れた才能を持つ娘が結婚したくらいで、天照大神の呪いを弱める等という大それたことができるのだろうか。

鳴海には分からない。彼に分かるのは、この機会に恩を売っておいた方が良いということだけだった。それは商人の勘でもあり、猩々という微妙な立場に置かれた生き物の、生存本能のようなものでもあった。

「分からない。だが俺は、鬼灯様と小夜様は一緒にいた方が良いと思います。まあ、鬼灯様が心変わりをなされたというのなら、それを止める手立てはありませんが」

「鬼灯様は火蔵御殿にいるはずよね。物見の鳥を放ちましょう」

「宵町の方でも聞き込みをしてみるわ。心変わりの理由がわかるかも」

「頼みますよ。何しろ鬼灯様は、うちで六度も祝言を挙げられたお得意様だ。祝言代も値切ったりせず素直にお支払い下さるお客様であるわけだから、このくらいのご奉仕はさせて頂かないと」

鳴海の言葉に笑いながら、猩々の女たちは素早く自分の持ち場に向かう。鳴海はそれを見送りながら、鉄の神の祝言準備を引き延ばす策を考えていた。

猩々の動きは早い。

火蔵御殿の様子はすぐに鳴海たちの知るところとなった。

「結界が厳重で、台所しか覗けなかったけど、特に大きな動きはないね」

「ただ、確かに小夜様じゃない娘がいたみたい。綺麗な子だけれど、台所に立つときも振袖着てて、何て言うか、娘気分が抜けてないって感じ？」

「火の神はほぼ毎日作業部屋で過ごしているらしく、台所にはあまり姿を現さないよ。仕事に打ち込んでいるのかもね」

鳴海は顎をさすりながら考える。

「この情報だけでは、鬼灯様が心変わりした理由が分かりませんね。それに、鉄の神が小夜様を娶るのも早すぎる。まるでそうなることが決まっていたかのようだ」

鳴海の知る火の神は、そこまで性急に事を運ぶ方ではない。離縁するならば、もっと手順を踏むだろうし、小夜を犬猫のように鉄の神に引き渡すこともないだろう。

さらに翌日、宵町を観察していた猩々たちからの報告が入ってきた。

宵町を訪れた鬼灯と娘のあとをつけたのだ。

「妙だよ、台所に立っていた娘、あれの姿が小夜様に見える」

「小夜様に変装しているみたい。でも歩き方も違うし気も違う。いつまでも騙《だま》しとおせるわけないのに、どうして小夜様のふりなんかするんだろう？」

「でも、もっとおかしいのは――鬼灯様は、彼女のことを小夜ってお呼びになるんだ。あの娘は小夜様の格好をしているけど、小夜様なんかじゃないのに！」

「話は変わるけど、火の神様ってあんなにお美しいお顔だったんだねえ。呪いが弱まるとあんな風になるんだ……。天照大神様の呪いって怖いね」

「あんた、随分鬼灯様のことを熱心に見てるから何かと思えば、そんなこと考えてたわけ？」

「ちゃんと仕事はしたもの！　二人とも随分豪遊していたよ。宝石をたくさん購入して、友禅の着物を五着も買ってた」

年かさの猩々の女が、腕組みをしながら鳴海に言う。

「鬼灯様は、あの娘を小夜様だと思わされているんじゃないか」

「ああ。俺もそんな気がしてきました」

「一体どうしてそんなことになっているんだ？」

「あの娘の正体を探ってみましょう。叩いたら意外と埃が出てくるかも知れません」

「承知した。少し時間をくれ」

猩々の女は、二刻もしないうちに仕事を済ませた。

「土の神から証言が取れた。鬼灯様の隣にいるのは石戸桜。石戸家当主の後妻の娘だ」

「小夜様を追い出した石戸家の、娘？」

「ああ。石戸家は最近、懇意にしていた水の神に離れられて、土の神に鞍替《くらが》えしている。その土の神を袖にして、今や火の神の花嫁の座に収まっているのだから、すごい出世だな」

小夜は石戸家から勘当され、紆余《うよ》曲折《きょくせつ》を経て火の神である鬼灯の花嫁になったはずだが、なぜか今は鉄の神の花嫁として結界に閉じ込められている。

そして火の神の隣には、小夜のふりをした石戸家の娘が立っている。

鳴海の脳裏を嫌な想像が過ぎる。

「もしや石戸家の娘は、小夜様に成り代わろうとしているのでしょうか？」

「だがそんなこと、鬼灯様が許すまい」

「鬼灯様には、石戸家の娘が小夜様に見えているのでしょう。何か術を使ってなりすましているんだ」

「ああ！　だから娘は、宵町では変装していたのかもしれないな。他の神々が見ると、小夜様でないことがばれてしまうから」

「と言うことは、術は鬼灯様自身にかけられているということですね。見たものをすり替える類の術か——あるいは催眠術」

鳴海と猩々の女は顔を見合わせて首を傾げる。

火の神が、巫とはいえただの人間に、そうたやすく術をかけられてしまうだろうか。

何か策が弄されたのかもしれない。いずれにしても、小夜と鬼灯が窮地に立たされているらしいことは確かだった。

「火蔵御殿の内部までは見えませんよね」

「あそこの結界もたいがい厳重だ。最も目の良い鳥を飛ばして、ようやく台所から中を窺うことができたくらいだから、中を覗くのは厳しいだろう」

「では小夜様を逃がす方がいくらか簡単だな。鉄の神の結界は固いが、火蔵御殿のそれよりはいくらかましだ」

「そのようだ。早速結界を破る術を編もう」

鳴海は深く頷いた。

＊

小夜は強く拳を握り締め、何度目か知れない否を突き付けた。

「ですから、私はあなたと結婚するつもりはありません」

「強情だな！　何度も言っているだろう、火の神はお前を捨てたんだ」

「たとえそうだとしても、鬼灯様の口から直接そのお言葉を聞かない限り、私は誰のもとにも嫁ぎません。ここから出して下さい」

赤金と結婚することを一方的に告げられたのち、結界の張られた部屋に閉じ込められてから、三日が経っていた。

　廁か風呂へ入る時だけ部屋から出ることを許されたが、廁も風呂も、破ることのできない結界が展開されていて、逃げる隙がない。廊下に出ることはできるが、階段までは進めない。だから小夜は、赤金に訴え続けることしかできないのだ。

「何度も言っているだろう、聞き分けのない女だな！　火の神のことは口にするな！　俺だけを見ていろ、俺がお前の夫だぞ！」

「違います。私はあなたを夫と認めたことはございません」

　赤金はかっとなり、小夜の頰を打った。手加減したとはいえ、男の平手だ。小夜はよろけ、畳の上に倒れたが、それでも顔を上げて赤金を見据える。

　あいにく小夜は石戸家で折檻に慣れているのだ。数度打たれた程度では怯まない。反抗的な眼差しに、赤金は再び手を振り上げたが、花嫁の顔を腫らしてはまずいと思ったのだろう。乱暴に舌打ちをすると、側にあった屛風を蹴倒し、隣の部屋に去って行った。

　小夜は詰めていた息をほっと吐きだす。

「……この状態がいつまで続くのかしら」

　鉄の神は、明日には祝言を挙げると豪語している。それまでに小夜はどうにかこの部屋から出なければならない。

既に色々なことを試してみた。助けになると言ってくれた部屋の鉄瓶で窓を割ろうとしたり、結界の穴がないか探してみたり、赤金が入ってくる隙を窺ったり。

けれど戦闘に長けた戦の神は、隙など見せてくれなかった。小夜は何度も脱出に失敗し、そのたびにたしなめられたり、悪くすると先程のように怒鳴られたりしていた。

脱出を諦めるつもりはない。少しでも立ち止まってしまうと、自分が鬼灯から追い出されたという事実がのしかかってきて、心の奥底に穴が開いたような絶望感に支配されてしまいそうだったからだ。何かしていなければおかしくなりそうだった。

それに、最後の言葉は鬼灯から直接聞きたかった。幾久しくと言ってくれたあの神の口から、別れの挨拶を聞くまでは、立ち止まれない。

「でも、どうしたらここから出られるの」

途方に暮れた小夜の耳に、どこからか鼻歌が聞こえてきた。

女性の、機嫌の良さそうな声だ。少し調子外れなところが可愛らしく感じられる。

小夜は障子を開け、顔だけを出してみる。歌声が大きくなって、廊下の向こうに一人の女性が姿を現した。

「この辺じゃないかしら、赤金のいる部屋って？」

『そうらしいですね。ですが、鉄の神は今気が立っていると聞きますよ。あまりお会いにならない方が良いのでは』

「だってそろそろあの遠見の鏡、返してもらいたいんだもの。私のものなのに、赤金ってばずっと持ってて、困っちゃうわ」

紅玉のような瞳を持つ白兎を道案内に、現れたのは色の白い少女だった。胸のあたりまである薄桃色の髪は三つ編みにされ、彼女の歩みに合わせてぴょんぴょんと跳ねている。

豪奢な蝶の柄が舞う着物をまとい、朗らかに微笑んでいる。

白兎に、蝶の着物。小夜には覚えがあった。

廊下に顔を出す小夜を見、白兎がひげをひくつかせた。

『おや、そこにいるのは火の神の花嫁ではないですか。なにゆえここに？』

「えっ？　あの子が鬼灯のお嫁さん？　とても綺麗な子だわ！」

無邪気に微笑んだ少女は、ぱたぱたと駆け寄ってくる。とたんに花の甘い香りが小夜を包み込んだ。

「あなたは、もしかして……。春の神様でいらっしゃいますか？」

「ええ、そうよ！　鬼灯の蔵に着物を預けてた春の神とは私のこと。あなたには私の着物――胡蝶がお世話になったわね」

孔雀の羽のように長いまつ毛、完璧な配置の泣きぼくろ。

透き通る金色の瞳を持つ少女は、名高い春の神であった。

春の神は小夜の手を握って、にこにこと嬉しそうに笑っている。神の顔をまじまじと見つめてはならないと分かってはいるものの、その人懐っこくて愛らしい雰囲気に、小夜は思わず目を奪われてしまう。

虹色の蝶が舞う着物が、ちょっと袂を持ち上げて、

『存外早いうちに再会することになったな。息災かえ？』と挨拶してくれた。

小夜はお辞儀をしてから、はっと思い出したように、

「お会いできて嬉しゅうございます。ですが私、逃げなければならないのです」

「あら、なぜ？」

「鬼灯様のところに戻らなければ、鉄の神様と結婚させられてしまうのです……！」

ぽかんとした春の神の顔に、じわじわと疑問の色が浮かんでくる。

「あら、確かに変ね？　だってあなたは鬼灯の花嫁で、でもここにいるということは、赤金の花嫁でもあって……。これってもしかして、略奪愛？」

「いいえ、むしろ誘拐の類です」

「それは駄目ね。ではあなたの心はまだ鬼灯にあると思って良いのね」

「は……はい！」

「ふふ、分かったわ。それにしても赤金ったら、どうして鬼灯の花嫁に手を出そうと思ったのかしら。誰かのものじゃない、自分で見つけた花嫁は、それだけで最高に素

敵な存在になるのに。ねえ？」

にっこり笑った春の神は、同意を求めるように小夜の顔を覗き込む。

小夜は静かに頷いた。

「きっとそうだと思います。自分が選んだから、特別になる。……華燭の典で鬼灯様に幾久しくと申し上げた時から、あの方は私の特別でした」

「そういうことよね！　でも、だったら小夜は、どうして赤金の側に留まっているの？」

「結界が張られていて、出られないのです」

白兎が鼻先で小夜の部屋の結界をつつく。彼のひげが神経質にひくついた。

『本当だ。厳重な結界が展開されていますよ。鉄の神らしからぬ精緻な術です』

「あらほんと。でもこれ、赤金の術じゃないわね。

『嫌な気じゃ。我が神、あまりその部屋に近づいてはならぬ』

「もう胡蝶ったら、お母さんみたいに口やかましいんだから」

『我が神を産んだ覚えはないぞ』

春の神は、着ている着物と軽口を交わしている。賑やかな一行を小夜はぽかんとした顔で見守っていたが、やがて意を決して声を上げた。

「あの！　この結界を破る方法をご存じではないですか……!?」

「あら、結界を破りたいの？　そんなの簡単よ」

春の神は笑いながら、指先でちょいと結界を突いた。

すると、彼女の指先から葡萄《ぶどう》の蔦《つた》が萌《も》え出《い》でて、壁を覆い始めた。蔦は凄まじい勢いで繁茂し、部屋中を緑で埋め尽くしてしまう。

濃い草の匂いがし、小夜が思わずほうっと息を吐いた瞬間——どこかで何かが割れる音がした。

「はい、どうぞ」

小夜はおずおずと廊下に足を踏み出し、窓を開けて外に手を出してみる。彼女の手が、柔らかな午後の空気を受け止める。

先程までは結界が展開され、外界に触れることなど到底できなかったのに。

「ありがとうございます！　きちんとしたご挨拶もせず、誠に申し訳ございませんが、すぐに行かなければ」

「うんうん、行きましょ」

「春の神様もいらっしゃるのですか？」

「途中までね。あっそうだ、遠見の鏡を返してもらわなくちゃ」

赤金の部屋にひょいと入り込んだ春の神は、手に可愛らしい鏡を持って出てきた。

小夜がここへ連れてこられた時、鬼灯の様子を遠くから窺うために使った鏡だ。

その鏡面を覗き込んだ春の神が、困ったような顔になった。

「あら大変。赤金が来ちゃったわ」

その言葉通り、反対側の階段に姿を現したのは、赤金だった。

「おい、娘！　どうして部屋から出ている！」

と叫び、駆けだして小夜を止めようとする。

春の神は小夜の手を取ると、裾を絡げて駆けだした。後から白兎がついてくる。

『我が神！　鉄の神からは逃げられますまい、あれは狼《おおかみ》の如くしつこい神であるがゆえに！』

「それでも乙女には、逃げなきゃならない時があるのよ」

言うなり春の神は、階段を駆け下りながら素早く帯を解いた。黒字に金の刺繡が施されたそれを、さながら三枚のお札の逸話のように、追いかけてくる鉄の神へ投げつける。

帯から飛び出したのは一頭の牡鹿《おじか》だった。雄々しい角を振りかざし、鉄の神の前に立ちはだかる。

「はっ、鉄の神を前に獲物を差し出すとはな！」

赤金は吼えるとその手に一振りの刃を呼び出した。小夜は振り返って、危ない、と叫んだ。

けれど牡鹿は動じず、ただその角を振りかざす。すると、先程春の神が結界を破る際に使った葡萄の蔦が、ぞろりと角から生えてくる。

壁を、床をあっという間に埋め尽くす蔦は、赤金の刃にも執拗《しつよう》に絡みついた。切り裂かれても引き千切られても、蔦はぬるぬると伸びて、赤金を足止めしてくれる。

「大丈夫よ。だけど振り返ってる暇はないわ、全速力で走りなさい！」

「はいっ！」

二人はあっけにとられる小間使いの脇をすり抜け、宿屋の外に躍り出た。

時間は昼時、宵町の往来が最も多い時間帯だ。

帯をほどいた春の神は、肌襦袢《はだじゅばん》も露わな姿になるかと思いきや、着物である胡蝶が懸命に前を隠していた。主人思いの良い着物である。

『我が神、ですがどうやって火蔵御殿まで行くつもりですか！』

「辻馬車《つじばしゃ》に決まってるわ、適当なのを拾って」

白兎が止めた馬車は二台だった。春の神は小さな方の馬車に小夜を押し込むと、自分は別の馬車に乗り込む。

春の神が指先で何かを摘まむような仕草をすると、彼女の横に小柄な人影が現れた。

──小夜だ。

ただし目は虚《うつ》ろで、体は寒天のように揺れており、出来の悪い人形じみている。

春の神は窓から顔を出し、ばちんと片目をつむって見せた。

「じゃ、鉄の神は引き付けておくから、頑張って逃げてね！」

「あ……ありがとうございます！　こんなに助けて頂いて、何とお礼を申し上げれば良いか……！」

「いいのよ、気にしないで」

春の神は、小夜を乗せた馬車が走り去るのを見送った。


視界から馬車が消えるのとほぼ同時に、蔦の切れ端を体中にまとわりつかせた鉄の神が、宿屋の入り口から転がり出てきた。春の神が馬車を走らせると、鉄の神は物凄い形相で追いかけてくる。

着物の袖で口元を隠し、春の神はくすくすと笑った。

「見て、あの罠《わな》にかかった猪《いのしし》みたいな顔！　こっちは外れよ、お馬鹿さん」

『やれやれ。我が神の気まぐれときたら』

『まったく、いつ全力疾走させられるか分からぬのう』

『君は着物だから全力疾走も何もないだろう、胡蝶！　いつだって地道に地面を走らなくちゃならない僕の身にもなれ！』

『良いではないか。お前には運動が足りぬと前から思っていたところじゃ』

地団太を踏む白兎。何か言い返してけらけらと笑う着物の胡蝶。

それを見て春の神はふと口元を緩めた。

どこか嬉しそうな顔をする主を見、胡蝶が不思議そうな声を上げた。

『我が神よ、なぜあの娘を助けようと思ったのです？』

「あら、小夜の方が先に私たちを助けてくれたのよ」

『以前会ったことが？』

「違うわ、あなたのことよ、胡蝶。小夜があなたをこんなに美しく清めてくれたじゃないの。あなたは元々綺麗だけれど、長年使っていれば汚れも溜まるし、最近元気がなかったでしょう？　でも小夜はそれを一瞬で元通りにしてくれたわ！　そのお礼をしなくちゃ神様なんて名乗れないわよ」

つまりこれは春の神による恩返しなのだ。

『へえ、我が神にしては珍しい。気まぐれなあなたが恩返しだなんて』

「私だってたまには恩くらい覚えていることもあるわ」

胸を張った春の神は、窓からちらりと外を覗いて、少女のように笑う。

「ねえ、赤金の様子を見て。こちらが外れとも知らないであんなに必死に追いかけて、ああおかしい」

『ほんに、面白い見世物じゃ』

『捕まったら殺されるんじゃないかとか、考えないのかな、このひとたち……』

春の神とその一行を乗せた馬車は、蹄の音も高らかに、宵町を駆け抜けてゆく。

＊

延々と続く頭痛が、度重なる徹夜からくるものなのか、それとも別の理由によるものなのか、鬼灯にはもう判断がつかなかった。

頭に金輪をはめられたような痛みがずっと続いていた。

それから逃れるように、勾玉作りに打ち込んだ。俯くたびに鈍痛が走ったが、あまり顔を上げたくなかった。

だってそこには――彼女が、いる。

「鬼灯様」

「小夜」の声がますます頭痛を強める気がして、鬼灯は乱暴に首を振った。

「お茶をお持ちしました。お茶請けには金平糖《こんぺいとう》もご用意しております」

「不要だ」

「頭を使うお仕事には甘いものが良いんですよ」

「不要だと言っている！」

「小夜」が肩を震わせる。彼女に対して声を荒らげるなど、今までなかったのに。どうして。

罪悪感が鬼灯の頭痛を加速させ、視界がぼやけるほどの痛みが襲う。

やがて「小夜」は部屋を出て行ったようだった。するとどういうわけか、息が楽にできるようになる。

長いため息をつきながら、鬼灯はぐったりと背もたれにもたれかかる。

「……小夜」

どうしてこうなってしまったのか、鬼灯には分からない。

そのことを考えたくなくて勾玉作りに集中していたのだが――。

「完成、してしまったな」

夜を徹し、小夜と過ごす時間を減らし、当然のことながら火蔵の掃除もそっちのけで作っていた勾玉が、完成したのだ。

鬼灯の目の前には、薄い翡翠色の勾玉がある。

目を奪われるような輝きが、相当な神具であることを物語っていた。

「これにかかりきりになってしまったな。小夜に文字を教える時間も取れなかっ
――」

言いかけて鬼灯は強烈な違和感を覚えた。世界がぐらりと揺れて、吐き気がするほ

どだ。

「文字を、教える？」

そんなはずはない。だって「小夜」は文字を完璧に読める。鬼灯の頼んだ本を間違えることなく取ってきてくれるし、時折誰かと手紙のやり取りもしているようだし。けれど鬼灯の全身が、それは妙だと告げている。彼の手や目は「小夜」の記す拙い字や、ぎこちない運筆の様子を覚えている。

文字を読み上げる「小夜」の小さな声も、難しい漢字が読めた時の嬉しそうな笑顔も、全て。

「……クソッ」

何か手を動かしていないと妙なことを考えてしまいそうだった。

立ち上がって、手負いの虎のように作業部屋をうろうろする鬼灯。彼はじれったそうに窓を開けると、そのまま屋根の上に躍り出た。

爽やかな風を受け、ようやく人心地ついた鬼灯の目に、屋敷の上を旋回する鷹《たか》の姿が見えた。

足に何か手紙のようなものが結わえられている。鷹を連絡に使うということは、高名な神の言伝《ことづて》かもしれない。

鬼灯は結界を少し緩め、鷹を招じ入れた。鷹は鬼灯に手紙を落とすと、遠くへ去って行った。

手紙を開いた鬼灯は、驚愕の色を浮かべる。

「俺の作業を見ていらしたかのような手紙だな。……準備するか」

鬼灯は疲弊した体に鞭打《むちう》って、高貴な神を迎える準備を始めた。

手紙の隅には、鱗を模した花押が押されていた。

＊

馬車で宵町に降り立った鳴海は、宿屋の方が騒がしいことに気づいた。

「何があったんだ？」

「鳴海！　どうやら一足遅かったようだ」

鳴海を見つけ、猩々の女が駆け寄ってくる。宵町の様子を見に行っていた女だ。彼女はにやりと笑った。

「我らが花嫁は、鉄の神のもとから逃げ出したようだよ」

「なんと、小夜様は自力で脱出してのけたか」

「と言っても、結界を破ったのは春の神のようだが。ご覧よ、鉄の神がかんしゃくを起こした子供のように怒り散らしている」

その言葉の通り、宿屋の前で鉄の神は暴れていた。近くにあった馬車を叩き割り、隣接していた喫茶店の看板を引きちぎると、足で踏みつぶしている。

春の神は、飛んでくる破片をひらりとよけながら、面白そうにその様子を見ていた。

「あの神も若いからな。しかし、どうして春の神様が小夜様を助けたんでしょう？」

「さあな？　あのお方は気まぐれだ。鉄の神があれほど大事にしているものを、台無しにしてやりたいとでも思ったんじゃないか」

「子供同士の喧嘩《けんか》のようだな。――とはいえ、小夜様は自由になったわけですね。彼女は今どこに？」

「分からないが、火蔵御殿以外の場所は考えにくい。助けに行くか？」

「自力で脱出したお方の何を助けるって言うんです」

鳴海は苦笑する。そこまで彼らのいざこざに首を突っ込む気はない。

「だが――。まあ、事の結末を見届けても罰は当たらないでしょう。事と次第によっては、火の神にでかい恩を売れるかも知れません。実際小夜様が囚《とら》われていることに気づいたのは、俺たち猩々でもあるのだし」

「さすが、次期頭領は考えることがあくどいね」

「ちょうど結界破りの品も持ってきたし、火蔵御殿の中を覗き見ることもでき……」

鳴海の言葉が途切れる。

絶句している彼の眼差しを辿った猩々の女もまた、言葉を失った。

美しい侍女を八人も引き連れて、優雅に歩む女神の姿がある。

白いかんばせは清らかで、微かに施した化粧がその美貌に僅かな艶を与えている。

黒いぬばたまの髪を複雑な形に結い上げ、白いうなじを露わにしている。襟を大きく抜いた着物の着こなしながら、下品な様子は少しもなく、ひたすらに清廉だ。

東雲《しののめ》の空を染め抜いたような着物は、女神が一歩進むたびに微かに揺れ、睡蓮《すいれん》の如き甘い芳香を放っている。

彼女の名は豊玉姫。豊かな海の象徴であり、母なる大海を司るものだ。

「豊玉姫様だ……！　ああ、何と清らかなお姿だろう」

「なぜあれほどのお方が宵町に？」

宵町の神々が囁き交わす。濡れたような黒髪を持つ女神がちらりと声の方を見て、艶やかに微笑んだ。

格の高さも存在感も数段上の存在だ。彼女の登場に、今までかんしゃくを爆発させていた鉄の神も、それをからかっていた春の神も、啞然とした顔をしている。

「鉄の神。そう怒るな」

凛《りん》とした声で豊玉姫が言うだけで、鉄の神の体から力が抜け、豊玉姫の前に膝をつく姿勢になる。

「宿屋の主人も困っておる。お前は強い神なのだから、あまり乱暴をしてはならぬぞ」

「はっ……！　申し訳ございません！」

豊玉姫がわずかに口角を持ち上げるだけで、鉄の神は骨抜きになったような顔で頭を垂れた。

春の神はそれを見てくすっと笑う。豊玉姫の前でも、彼女のふるまいが大きく変わることはなさそうだ。

「ごきげんよう、豊玉姫様。宵町にいらっしゃるのは珍しいですね」

「ああ。土産を調達する必要があってな。そうだ、春の神よ。手土産を選ぶのを手伝ってはくれぬか」

「勿論ですわ。どなたへのお土産でしょう」

「火の神と、その花嫁にだ」

遠巻きにその様子を見ていた鳴海たちが顔を見合わせる。

無邪気に頷く春の神を見、豊玉姫はにっこりと微笑んだ。

七章　真珠色の鱗

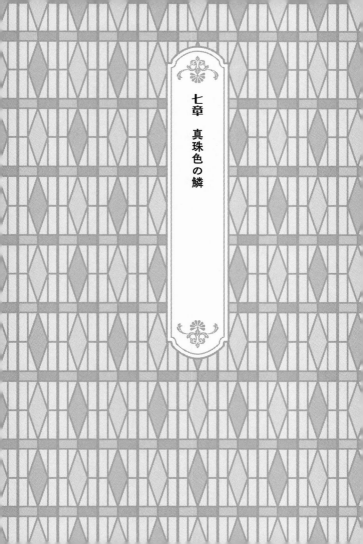

小夜は火蔵御殿の前で馬車を降りた。

数日ぶりに見上げる火蔵御殿は、どこかよそよそしく感じられる。

花嫁とは言え、小夜一人ではこの火蔵御殿には入れない。鬼灯に結界を解除してもらう必要があった。

「ここに桜様もいらっしゃるのかしら」

桜が鬼灯のためにかいがいしく料理を口に運んでやる光景が思い出されて、小夜は胸が締め付けられるような心地がした。

鬼灯が桜に心変わりをしているのだとしたら――。これから自分は、鬼灯に離縁されに行くことになるのだ。

けれど、その痛みを覚悟しても、鬼灯の本心が聞きたかった。

小夜は門の前で声を張り上げる。

「鬼灯様……！」

返答はなく、もう一度と口を大きく開けた途端、誰かに後ろから口を塞がれた。

「しっ、小夜様。こちらへ」

小夜の体を火蔵御殿の門から引きはがしたのは、猩々の鳴海だった。

小夜を木陰に押し込むと、鳴海はため息をつき、小夜の口から手を離す。

「無礼を働き申し訳ございませんでした、小夜様」

「いえ。でも、どうして鳴海さんがここにいらっしゃるのでしょう」

「それはこちらの台詞《せりふ》です。なぜあの結界を出られたのですか」

「春の神様が助けて下さったんです。私はあのお方のお着物を清めたことがあるのですが、そのことを覚えていて下さったようで」

「ほう！　小夜様は強運の持ち主ですね」

鳴海と小夜は木陰に隠れた。鳴海は火蔵御殿を眩《まぶ》しそうに見上げる。

「しかし本当に厳重な結界だな。小夜様、どこか抜け道をご存じだったりしませんか？」

「いいえ……。お役に立てなくて申し訳ございません」

「謝ることではありません！　どのみち、今からここに豊玉姫様がいらっしゃるので問題ないかと。入り込むならその隙かと思っています」

「と、豊玉姫様ですか⁉　どうしてそれがお分かりになったのですか？」

「俺は先程まで宵町にいたんですが、そこに豊玉姫様が、火の神様へのお手土産をお求めに現れたんです」

確か鬼灯は、豊玉姫から受けた勾玉作製の依頼を着々とこなしていたはずだ。

小夜は安堵したような息を吐く。

「良かった。豊玉姫様は、依頼を覚えていて下さったんですね……！　きっと鬼灯様は素晴らしい勾玉をお作りになっているはずです」

「火の神様の手になる勾玉なら、物凄い神威でしょうね。……お、馬車が来ましたよ」

鳴海の言葉通り、大通りを八頭立ての馬車が走って来る。八頭の白馬のたてがみには真珠と鈴が編み込まれていて、走る度にしゃん、しゃんという軽やかな音が鳴り響いた。

火蔵御殿の前で馬車は止まる。黒塗りの馬車には竜《たつ》の落とし子や蛸《たこ》、二枚貝といった海の生き物たちが、螺鈿細工で彫られており、海を愛する豊玉姫らしい馬車だった。

そこから現れたのは、艶やかな黒髪を持つ女神だった。眩《まばゆ》い美しさの持ち主で、かの女神が微笑むと、後光がさすようだった。優雅な歩みは海の中を泳ぐが如く、足音もなければ体重も感じさせない。

豊玉姫の後について降りてきたのは、八人の侍女たちだ。豊玉姫を前後に挟むような形で、火蔵御殿の門まで向かうと、門を叩く。

「ようこそおいで下さいました、豊玉姫様」

懐かしい声に、小夜ははっと顔を上げる。

鬼灯だ。どこか面やつれした鬼灯が、黒染めの着物に黒い羽織をまとい、髪も丁寧になでつけた姿で、豊玉姫を出迎えている。

小夜は食い入るように鬼灯を見つめた。彼の目元には、黒い靄が漂っているように見えた。

「鬼灯様、何だか様子がおかしいです。妙な気配があるような気がします」

「なるほど。ではやはり、何らかの術をかけられているのでしょう」

術とは、と尋ねようとしたところで、鳴海が小夜の手を引いて立ち上がらせた。

火蔵御殿の結界は少しだけ開かれ、豊玉姫とその一行を招き入れているところだ。

「説明は後で。今はとにかく、火蔵御殿の中へ！」

鳴海は小夜の手を引いたまま風のように駆け出すと、懐から一枚の呪符を取り出す。

漢字のびっしりと書かれたそれを、火蔵御殿の壁に叩きつけた。

と、火蔵御殿の結界の表面に細い稲妻が迸り、空間を僅かに歪ませた。

鳴海は構わずそこに飛び込んだ。

「きゃっ……！」

結界を通り抜ける時の、濡れた手で無遠慮に触れられているような、不気味な感触を堪えると、次の瞬間にはもう、二人は火蔵御殿の敷地内に立っていた。

鳴海が大きな安堵の声を上げる。

「成功だ！　さあ小夜様、このまま中へ入りましょう。俺もできる限り小夜様をお助けする所存です」

「あ、あの、どうして鳴海さんがそこまでして下さるのでしょう……？」

猩々は商人だ。利益になることしかしないはず。

警戒半分の小夜の問いに、鳴海は人好きのする笑みを浮かべて言った。

「なあに、先行投資というやつですよ。我らはあなたと鬼灯様に、投資をする価値があると感じたのです」

鳴海が自分に何を期待しているのか、小夜には分からない。けれどこの好機をみすみす逃してはならないだろう。小夜は鳴海の目を見据え、

「ならばどうか、鬼灯様にもう一度会うお手伝いをして下さい」

「勿論ですとも！　その前に、我ら猩々が調べた内容を、小夜様にもお伝えします」

鳴海は小夜に、鬼灯は側にいる桜を「小夜」と呼んでいること、宵町に出かけるとき桜は小夜の変装をしているということを含め、調べた内容を手短に話してくれた。

小夜の心に微かな希望の光が灯る。なぜならば彼女は、鬼灯のその状態に覚えがあったからだ。

「鬼灯様は催眠術をかけられているのかもしれません。私の元義理の母は、相手の心を操る異能を使うと聞いていますし、実際に相手を術にかけているところを見たこと

がありますから」

「ははあ、なるほど！　我らも、催眠術をかけられているのではと睨んでいたのですが、石戸家の後妻の異能にまでは考えが及ばなかった」

そう言って鳴海は、独りごとのように呟いた。

「石戸家の当主が、実の御令嬢でいらっしゃる小夜様を我々に売り渡したのは、後妻によって催眠術をかけられていたからかもしれませんね……」

小夜は苦々しい思いで俯く。実父から勘当され、猩々に売り飛ばされたという傷が癒えるわけではないけれど、そうであればどんなにいいかと思う。

だが今は、鬼灯のことを考えなければ。

「催眠術を解くためには、かけた巫がその術を解くか、より強い者がその術を打ち破るか、この二つの方法しかないと聞いています」

「後者の方が手っ取り早そうですね。とにかく屋敷の中に入りましょう」

短く言った鳴海は、火蔵の陰に隠れつつ、屋敷に近づいてゆく。

「お客様にお茶をお持ちするでしょうから、台所は今無人のはずです。そこから入りましょう」

二人はそろそろと裏口に回り、台所の扉をそうっと押し開けた。

小夜の見込み通り、台所には誰もいない。

足音を忍ばせて屋敷に侵入した小夜は、台所の床を探った。

「ああ牡丹、良かった！　捨てられていなかったのね」

真っ二つになった木彫りの鳥を見つけ、小夜は胸を撫で下ろす。どこかに捨てられてしまわぬよう、食器棚の隅に隠した。

あの白い壺も、変わらず台所の隅にあることを確認すると、小夜は鳴海を伴って廊下に出た。

話し声は、二階にある鬼灯の作業部屋から聞こえてくるようだ。

けれど、屋敷の一番大きな階段の下には、豊玉姫の従者と思しき女性が控えていて、そこから作業部屋に向かうのは難しそうだった。

「こちらです、鳴海さん。屋根裏に続く階段があります」

小夜は台所に近い方の、小間使い用の狭い階段を猫のように軽やかに上ってゆく。

そうして屋根裏まで上がると、今度は窓を開け放ち、急こう配の屋根伝いに自分の寝室に向かった。

軋《きし》む窓を、極力音を立てぬように押し開ける。

「よくまあこんな行き方をご存じですね」

「鬼灯様がたまに屋根の上でお月見をなさっていたものですから」

小夜が使っていた寝室は、桜にはあてがわれていなかったようだ。少し埃っぽい自室に立った小夜は、そのまま足音を潜め、そうっと廊下に身を滑らせる。

小夜は作業部屋ではなく、その隣の小部屋に潜り込んだ。鳴海もそれに続く。物が乱雑に置かれた小部屋を、音がしないよう苦労してすり抜けた。

「ここと作業部屋は繋がっているのです。この扉を開けても、作業部屋の棚の死角になって見えにくいはず」

そう囁いて小夜は、扉を薄く開けた。

途端に、話し声が鮮明に聞こえるようになる。

「……と、以上の材料で勾玉を精製致しました。私の言葉に嘘偽りがないことは、豊玉姫様であればお分かり頂けるでしょう」

久しぶりに聞く鬼灯の声は、疲れの色の濃いものだった。

目の下の隈も酷い。きっとあまり眠れていないのだろうと、小夜は心配に思った。

彼の前には豊玉姫が座っていた。こうして近くで姿を見るのは初めてだが、優しい表情の中に、どこか感情を読み取らせない障壁のようなものがあって、ぞくっとした。

かの女神は、優しいが油断のない目で鬼灯を見つめている。

勾玉は桐の箱に入れられ、小さな洋卓の上に置かれていた。

「もちろん、豊玉姫様でしたらお分かりでしょう！　何と言ってもわたつみの娘、母なる海に住まわれるお方ですもの！」

娘らしい甲高い声が部屋に響き、小夜の肩がぎくりと強張った。

——桜だ。

鬼灯の側に立ち、艶やかな桜色の着物をまとって、豊玉姫に微笑みかけている。自分が主役であることを疑わない、華やかな振る舞い。舞うように動きながら自分の存在を誇示する桜だったが、座っていてなお圧倒的な存在感を放つ豊玉姫の前では、うるさく鳴き回る子猫のような印象を受けた。

小夜の肩越しに桜を見た鳴海が、ほう、と目を細める。商品を検分する商人の顔だ。

「惜しいな。見栄えのする美人だが、気が穢れています。研鑽《けんさん》を積めば、二流程度の巫になれたでしょうが……。自ら三流に落ちてりゃ世話ないですね」

どこか投げやりな口調で評価を下す鳴海だった。

桜は豊玉姫ににじり寄る。側に控えていた侍女が、さりげなく桜を制するが、

「どうぞお手に取ってご覧ください。これは私の夫が三日三晩眠らずに作った精製液で磨きをかけたもので……」

「『小夜』。はしたない真似をするな」

小夜の体が震える。

その唇は小夜の名を紡ぐのに、濁った瞳は、苛立ちを湛えて桜を見ている。

どうして、と小夜の唇が声にならない言葉を紡ぐ。鳴海に状況を説明されていても、

桜が自分の名で呼ばれているという現実を、小夜は受け止められないでいた。

鬼灯は再び深々と頭を垂れた。

「天照大神様より賜りし呪いは、我が一存では如何《どう》にもできず。けれどその勾玉には全力を込めました。どうか存分に検《あらた》めて下さい」

「……呆れた」

豊玉姫のため息に、鬼灯の眉がひくりと反応する。

「勾玉の出来にではないぞ、鬼灯。その曇り切った目で、よくもまあこれほどの逸品を作り上げたものだ、と呆れているのだ」

「曇り切った目でございますか」

「不服そうだな」

「そのような、ことは……」

豊玉姫の横に控えていた、ひときわ気の強そうな侍女が、ずいと前に進み出る。

「豊玉姫様の御前ぞ。呪われた身なのだ、無礼な振る舞いは控えよ」

「呪われた屋敷にわざわざやって来たのはそちらでしょう」

「何だと？」

侍女はその柳眉を吊り上げ、鬼灯に詰め寄った。

「言葉を控えろ、火の神。豊玉姫様は貴様を衆目に晒すことのないよう、わざわざこのような穴倉をお訪ねになったのだ。その御心が分からぬか」

「それは、光栄なことでございますな」

「嫌みな言い方だな。少しは分をわきまえたらどうだ？　貴様の残り一つしかない目も潰されたくなければな！」

「……ああ、いっそお願いしたいほどですね。あなたではなく、豊玉姫様に砕かれるならの話ですが」

鬼灯は押し殺した声で言う。その体は微かに震え、額には脂汗が浮かんでいた。

明らかな異変を、けれど豊玉姫の侍女は見逃した。

「呪われた、穢らわしい神の分際で生意気を！　どうせこの勾玉も穢れているに決まっている！」

憤怒の表情を浮かべた侍女は、そのまま鬼灯の前にあった勾玉を手で払った。

甲高い音がして、勾玉が床に落ちる。それは床の上を滑って、小夜たちが盗み聞きしている扉のすぐ側まで転がってきた。

侍女はつかつかとその勾玉に近づき、足を振り上げた。

踏みつける気なのだ。鬼灯が丹精込めて作り上げたあの勾玉を。

「だめ……！」

小夜は反射的に飛び出していた。

体で扉を押しのけ、しゃがみこむと、両手で勾玉をすくいあげる。侍女は振り上げた足をすんでのところで止め、小夜を睨みつけた。

「お前、何奴《なにやつ》じゃ！」

小夜はこわごわ手を開き、中の勾玉が無事であることを確認すると、ほっと安堵の息を吐いた。

顔を上げた小夜は、部屋にいた神や人間が驚きの表情で自分を見ていることに気づいた。鬼灯はもどかしそうな、苦しそうな顔で小夜を凝視している。

鬼灯の名を呼ぼうとした小夜だったが、豊玉姫の金色の双眸《そうぼう》に射すくめられ、動けなくなってしまう。

豊玉姫の背後から音もなく白い大蛇《おろち》が現れ、赤い舌をちろちろと覗かせながら小夜の方に忍び寄る。棒立ちになる小夜の周りを這いずり回りながら、時折鋭い威嚇の声を上げた。

「……ほう？　面白い娘じゃ。どれ、そなたの正体を見せてみよ」

豊玉姫の言葉と共に、白い蛇がさっと小夜の体に巻き付いた。

その瞬間、どぷんという音と共に、小夜は水の中に落下した。

＊

鬼灯は、見知らぬ少女を凝視していた。

小柄な、けれど清らかな気を持つ少女は、隣の部屋から飛び出してきた。

まるで鳥の雛を包むように、少女の手のひらが勾玉を受け止める。勾玉が無事であることを知った時の安堵の表情は、はっとするほど美しかった。

「小夜」

隣の「小夜」が、苦虫を嚙み潰したような顔で囁く。妙なことを。「小夜」は自分なのに──。

「……え？」

先程まで感じていた、失神しそうなほどの頭痛が、つと消えた。

否、消えてなどいないのだろう。あまりにも強い痛みは、ついに鬼灯の痛みの限界を超えてしまったのかもしれない。

「……さよ」

けれどその瞬間確かに頭痛は止んで、鬼灯の隻眼は、正しいものを視《み》た。

小夜。小夜。

その名を鬼灯は知っている。小夜鳴き鳥。あの夜はにかみながら告げられた、帯留めの鳥の名。耳まで顔を赤くしながら告げられた、彼女の精一杯の気持ち。

共にいたいと、いさせてくれと、頼み込んだ彼女がどうしてあそこにいるのだろう。

鬼灯は無表情のまま、傍らの娘に目をやる。「小夜」は、醜く顔を歪めて、少女を指さした。

「ど、泥棒ですわ、鬼灯様！　豊玉姫様の勾玉を奪おうと、妙な娘が――」

「――黙れ」

甲高い声をぴしゃりとはねのけ、鬼灯は自分にかけられた術の綻びを手繰る。

「はっ。呪いを受けた右目を縁として、術を我が身に施したか。こんなものに踊らされた己が心底情けない」

ぶちぶちと音を立てて術を引き千切る。そのたびに鬼灯の目から金色の火花がほとばしり、耐えがたい痛みに襲われたが、彼は一声も上げなかった。

己にかけられた催眠術を、己で破る。

名のある神でさえも困難な所業を、鬼灯は今自力で成し遂げようとしていた。

「くそ……っ、この、程度で……っ！」

呪われた右目から焔が燃え盛り、片端から術を焼いてゆく。恐らくは術をかけた人間にも焔が及んでいるだろうが、もはや鬼灯の関知するところではない。

少女を目にした瞬間、温かいものが心に灯り、灰色に沈んでいた鬼灯の記憶を蘇らせた。

鬼灯の書いた字を真剣になぞる横顔も、干菓子を小動物のようにちびちびとかじる様子も、春の神の着物を羽織って舞う姿も、全てがはっきりと思い出せる。この姿を守りたいと、側に置いておきたいと、強く願ったことを思い出す。

傍らの「小夜」が――いや、もはや名も知らぬ娘が震え始める。

激しい痛みに耐え、喉の奥で唸りながら、鬼灯は自らにかけられた催眠術を完全に打ち砕いた。

火の神の目は鮮やかさを取り戻し、太陽の如く爛々と輝いている。

それどころか、失われたはずの右目には、眼帯をも貫くほどの赤々とした焔が燃え上がっていた。

燃え盛る火を束ねるもの、行く手を阻むもの全てを灰燼に帰す、火の神の、再来である。

＊

気づいた時にはもう、小夜は水中に引きずり込まれていた。

「……!?」

冷たい水の中、自分の吐き出す空気が泡となって視界を真っ白に染めてしまう。

小夜は必死にもがいた。けれど勾玉は手放さなかった。

「娘。なぜその勾玉を欲する?」

問いかけは、いつの間にか目の前に現れた白い大蛇から発されたものだった。

豊玉姫と同じ声だ。恐らく、彼女の化身なのだろう。水を司るものでもある豊玉姫は、鱗のある生き物に変化《へんげ》できる。

その声のおかげで冷静になれた。頭が冴《さ》えると、水中でも呼吸ができることが分かって、小夜は手足をばたつかせるのを止めた。

頭上から光が差し込んでいる。色とりどりの魚が小夜の横をかすめて泳いでいくのを見送りながら、小夜はここが、豊玉姫が術で作り上げた空間であることを悟った。

海を模した空間の中、小夜と大蛇は対峙《たいじ》している。

「娘よ。その勾玉が欲しい理由でもあるのか?」

再度問いかけられて、小夜は居住まいを正した。

「非礼をお詫び致します。勾玉を手に入れたいわけではございません。あのままだと、踏みつけられてしまうと思いましたので、つい前に出てしまいました」

「勾玉がそれほど大事か」

「はい。鬼灯様が、寝る間も惜しんで豊玉姫様のために作り上げた勾玉です。豊玉姫様が不要だと仰るのであれば、そのご判断を慎んで受け入れます。ですが、そのご判断の前に、この勾玉が踏み砕かれてしまうのは、あまりにも惜しいと思いました」

「お前は鬼灯の知り合いか？」

小夜は一瞬答えに窮した。だが胸を張り、正々堂々と名乗る。

「私は鬼灯様の花嫁です。――今も、まだ」

そう宣言すると、不思議と身の裡《うち》から力が湧いてくるのを感じた。

そうだ。幾久しく、と言葉と盃を交わしたのは、桜ではなく、小夜だ。

猩々の屋敷で、鬼灯に見つけてもらったのは――他ならぬ自分なのだ。

「まだ？　面白い言い方をするものだ。それに先程鬼灯の妻を紹介されたが、お前ではなかったぞ」

「私が鬼灯様の妻です。たとえ鬼灯様と釣り合わなくても、巫としての力が弱くても、私が――あの人の妻です」

自分が鬼灯の花嫁であるという矜持が、小夜の面を上げさせる。自分一人では、豊玉姫ほどの神を前にこうも堂々としていられなかっただろう。

大蛇は面白そうに舌を覗かせる。それは炎が揺らめく様に似ていた。

その瞬間、水面から差し込む光が奇妙に歪んだ。硝子が砕けるような音と共に、海の群青に白い亀裂が走る。

亀裂の向こうから、赤々と燃え盛る腕が伸びてきた。

「小夜！」

その声に小夜は目を丸くした。

燃える腕で水面の割れ目をこじ開けて、飛び降りてきたのは——鬼灯だった。

「おや。私の空間に無理やり介入してくるとは」

「鬼灯様！」

燃え盛る赤い焔の名残をその身に纏い、小夜の横に降り立った鬼灯は、そのまま彼女を腕に抱き込んだ。熱い体にきつく抱きしめられて、小夜は泣きたい程の喜びに包まれた。

「どうして、お前を誰かと取り違えることができたんだろう。こんなにも違うのに」

切なげに呟いた鬼灯は、眼前の大蛇を睨みつける。男神の燃え盛る焔は、海の中でも消えはしない。

海の濃紺と、焔の紅蓮《ぐれん》がせめぎ合い、見えぬ火花を散らしていた。

「——豊玉姫様であろうとも、我が妻に手出しはさせません」

「ほう？　ではお前の妻は、その娘ただ一人と思って良いのだな」

「はい」

頷いた鬼灯は、抱き込んだ小夜の顔を見つめる。その目にもう曇りはない。透き通った眼差しが、まっすぐ小夜を見つめている。

それで小夜もやっと、鬼灯が正気を取り戻したのだと悟った。嬉しいはずなのになぜか涙が滲んでくる。

鬼灯に再び出会って、初めて自分が寂しかったことに気づいたのだ。自分の中にぽっかりと空いていた穴の存在に気づいたら、涙が一粒零れた。鬼灯の武骨な手がそれを拭い、熱のこもった声で呟く。

「すまなかった、小夜。ようやく気づいた。やっと、取り戻せた」

「鬼灯様……！　良かった……」

絞り出すような声で小夜の名を何度も呼び、謝罪の言葉を口にする。己の不甲斐なさを悔やむような、それでも腕の中に小夜がいるのを噛み締めるような、そんな声だ。

一方の小夜は、鬼灯の背中に手を回すのが精いっぱいだった。

大蛇の身を借りた豊玉姫は、二人を見つめながら、やれやれとため息をつく。

「いやはや、全く。あの娘を妻だと紹介された時は、何が起きているのかと思ったわ」

「それは私の不徳の致すところです。巫に術をかけられ、あの娘を小夜だと思い込まされていたようで」

「お前の右目は天照様に呪われてしまったからな。その目は言わばお前の中の亀裂、蟻の一穴だ。致し方ない弱点とは言え、その隙を衝かれるとは。不甲斐ないぞ、火の神よ」

「仰る通りでございます」

深々と頭を垂れる鬼灯。豊玉姫はそれを面白そうに見ている。

「あの乱暴者の火の神が、こうも大人しくなるとはな。見に来た甲斐があった」

「見に来た？」

「ああ。侍女が乱暴な振る舞いをしてすまなかったな。あれはお前を試したのだ」

目を瞬かせる鬼灯。豊玉姫は上機嫌な笑い声を上げた。

「何しろ呪われる前、隻眼になる前のお前は、高慢で冷血で、目も当てられぬ有様であったゆえ。今も昔のように怒りっぽいのかどうか確認したかったのだよ」

「お人が悪いことをなさる」

「許せよ。天照様も、お前に強い呪いをかけすぎたのではとお気になさっていた」

「お気になさるなら早く呪いを解いて頂きたいものだ」

「まあ、天照様にもご都合や建前というものがあるのだ。何しろお前は強すぎた。他の神々がお前を敵視し、お前を異界から追い出そうとするのも、時間の問題だったのだよ」

「まるで天照大神様は、私を助ける為に呪いをかけたかのようですね」

鬼灯の皮肉に、豊玉姫は目を細めて、

「お前の見立ては誤っておらぬぞ。まあ、灸《きゅう》を据える意味もあっただろうがな。……呪われてからというもの、お前はめっきり大人しくなった。人間の花嫁まで娶ったというじゃないか。しかも宵町の噂によれば、呪いは徐々に解けつつあるという」

「それは小夜の力のおかげです。彼女には清めの力がある」

「それだけではない。巫の異能程度で天照様の呪いが綻びるものか」

大蛇はそう言うと、抱き合う夫婦を興味深そうに眺めた。

「火の神よ、元よりお前にも清めの力はあるのだ。火は全ての大禍を祓い、災いを退ける意味を持つ。焼き払うとは即ち全てを御破算にし、清らかな状態から始めるということでもあるのだ」

その言葉に鬼灯は静かに頷いた。

「先代の火の神は、その清めの力を多く使い、人々を導いたのだと聞いています。私はそちらの方面は不得手ですが」

「得手である必要はなかろうよ。先代はその力ゆえに滅びたのだから」

不吉なことを呟いた豊玉姫は、冷静に言葉を続けた。

「花嫁はお前の加護を受け、火の力の末端を有するようになった。娘が元々有していた清めの力が、異なる火の力によって強められ、天照様の呪いを弱めるに至ったのだろうよ」

「それは私も考えました。ですが、小夜は私にとって大切な存在ではあるものの、言ってしまえばただの人間です。私の力を得たとて、天照様の呪いを弱められるとは思えませぬ」

小夜も頷く。自分がそれほどの力を持っているはずがなかった。呪いが弱まったのは、元々鬼灯にかけられた呪いに手心が加えられていたのではないかと思っていた。

だが、豊玉姫は不敵に笑うだけだった。

「その娘が、ただの人間ではなかったとしたら？」

「どういう意味でしょう」

「その娘には、天照大神様の呪いなど通用していなかった——最初からお前の姿が、呪われる前の美しい男神に見えていたとしたら？」

小夜ははっと豊玉姫を見る。豊玉姫の言葉通りだったからだ。鬼灯も扇も、牡丹も小夜の言葉を信じなかったけれど。

「天照大神様の呪いは、お前の姿を醜く見せるものだった。だがその呪いは、娘には効果を及ぼさなかった」

「どんな神々の目をも欺く呪いが、小夜には効かなかったということですか」

「その通り。――蝶の耳。清めの力を持つ巫の血。火の神の加護。これらの力はそもそも、一人の娘には抱えきれぬ力であると知れ。それらの力を易々《やすやす》と抱えてみせる娘の器は、私でさえ底が窺い知れぬ。天照大神様の呪いなどなかったように、お前の本質を見抜く人間など、聞いたこともないからな」

謡うように言った豊玉姫は、小夜と鬼灯の返答を待たずきっぱりと言った。

「いずれにせよ注意するが良い。その娘は大変に貴重な存在だ。猩々どもは五十年に一度の逸材と見立てたようだが、それよりも遥かに得難い人間であると理解せよ。お前の花嫁御寮をしっかりと抱いて、離さぬようにな」

「豊玉姫様に言われずとも」

鬼灯は小夜を強く引き寄せた。痛い程の抱擁がかえって心地好かった。

押し付けられた体の熱さが、ここにいるのが鬼灯だと確信させてくれるから。

女神は、用は済んだとばかりに身を翻して、二人から遠ざかる。真珠色の鱗が優雅にきらめいた。

「戻るか。侍女らも心配しているだろう」

その言葉と共に空間がほどけ、水がさあっと引いてゆく。

視界いっぱいの群青色は消え失せ、鬼灯の作業部屋の風景が二人の前に戻っていた。

小夜を縛《いまし》めていた白い蛇は姿を消し、彼女の横には鬼灯が立ち尽くしている。

人間の姿に戻った豊玉姫は、仄かな笑みを浮かべて夫婦を見やった。

「そう言えば、まだ婚姻の祝いをしていいなかったな。人間を娶ったことは、お前にしては良い心がけであった。人こそが、玉たる神を彫琢《ちようたく》する唯一の存在であるゆえ」

「お言葉に感謝致します」

「勾玉の礼は弾む。花嫁には海の蚕で織った反物をくれてやろう」

「ご厚情、誠に有難うございます」

小夜は深々と頭を下げる。豊玉姫は寄り添う夫婦を見つめながら独り言ちた。

「人間はぶつかりあい、会話し、誤解をしながら、互いを変えてゆくものだ。『かくあれ』とされた我ら神々の想像を難なく超えて、我らに多様な世界を見せてくれる。無論、愚かな振る舞いもあろう。度し難く冷酷なこともするだろう。――それでも、総じて見れば面白い生き物よ」

良いものを見た、と満足そうに豊玉姫はため息をついた。

「さて。私の用事は終わった。小夜、その手の勾玉を、私に渡してくれるか？」

小夜は勾玉を両手で握り締めると、祈るように額に当てた。それからゆっくりと進み出、豊玉姫の手のひらに、そっと勾玉を載せた。

豊玉姫はそれを傍らの侍女に見せながら、

「ふふ。火の神が作り、随一の巫がたった今清めた勾玉だ。美しいな」

「はい。この仕上がりでしたら、天照大神様にもご満足頂けるかと」

「そうさな。鬼灯の花嫁も——本物の花嫁も見ることができたし」

豊玉姫は少女のように無邪気に笑った。

「今日は善い日じゃ。鬼灯よ、天照様には良い報告をしておく。いずれ右目の呪いも解かれるだろう。——もっとも、花嫁のおかげで、呪いは既にほとんど意味をなしていないようだがな」

「はっ。ありがとうございます」

「……それと、そこな娘」

ぴくりと肩を震わせたのは、部屋の隅に逃げていた桜だ。

術が解けた今となっては、彼女は鬼灯をたぶらかしていた悪者だ。神々を利用しようとした巫の存在に、豊玉姫の侍女たちは冷たい視線を向ける。

「何でございましょう、豊玉姫様？　私の異能は水を操ることですの、豊玉姫様の系列に連なる……」

「ああ、もう良い。お前が何ゆえ小夜と成り代わったかは知らぬが、それは蛭が白鳥を真似るが如き浅ましさぞ」

「蛭ですって？　この私が!?」

「相手の血を吸うて生きるところがそっくりだ。吸うだけならばいざ知らず、生意気にも清らかなる巫の名を騙《かた》ったのが、お前の浅ましさよ」

「豊玉姫様ともあろうお方が、どうしてそのようなことを仰るのです！　私と小夜の実力は雲泥の差、実力も育ちも何もかもが違います！」

「そうさな、何もかもが違う。泥なりに理解しているようで何よりだ」

桜はぎりりと奥歯を噛み締めて豊玉姫を睨んだ。

かつて伯爵家の息子をとろけさせた美貌は、憤怒にまみれて台無しだ。

「不公平よ！　私が石戸家の娘として、厳しい潔斎や訓練を積んでいる間、彼女は何もやっていなかった！　そんな女が、一人だけ神様の花嫁になって、幸せに生きようだなんてずるいわ！」

「何もやっていなかった、だと？」

鬼灯がまなじりを吊り上げ、桜を睨みつける。燃え盛る火の神の怒りの目線に撃たれ、桜は蛇に睨まれた蛙のように硬直する。

「満足に食も与えられなかった。教育も受けられなかった。母の形見も捨てられて、使用人のように扱われた小夜に、この上何を強いるというのだ」

「じゃあ私はどうなるの？　幼い頃から巫としてのしつけを受けた。少しでも術を誤ればお母様に折檻された。全ては私のためじゃなくて家のため。そんな状況でやっとつかみかけた幸せだったのに！」

切実な悲鳴が響く。桜は気丈にも鬼灯を睨んだまま、涙を浮かべていた。

それを見た小夜は、思わず口走っていた。

「桜様。そのお気持ちは分かります。……幸せになりたいって気持ちも、自分だけどうして違うんだろう、どうしてだめなんだろうって、他の人を妬んでしまう気持ちも」

「うるさい。お前には聞いてないわ」

「申し訳ございません。でもどうか、これだけは分かって下さい。自分の幸せは、自分で選んだ場所にあるんです」

桜は唇を噛み締める。

「自分で選んだものだから、幸せになれるんです。他の人の幸せを取ろうとしても、きっと合わない草履みたいに、足を痛めるだけなんだと思います」

「……小夜のくせに。使用人のくせに。一人前みたいな口きかないでよ」

吐き捨てるように言うと、桜は俯いて黙り込んでしまった。

と、そこに朗らかに割り込んできたのは、猩々の鳴海だ。

「お取込み中のところを失礼致します。鳴海でございます。小夜様をこの御殿にお連れし、事の次第をご説明させて頂きました」

さりげなく自分が小夜の役に立ったことを主張しつつ、鳴海は桜をちらりと見た。

「どうでしょう、豊玉姫様、火の神様。我らにあの娘、預けて頂けませぬか」

「猩々の裁定をあの娘に行うというのか？」

面白がるような豊玉姫の言葉に、鳴海は苦笑しながら、

「いえ、それほどの価値はございません。ですが私、先程の豊玉姫様のお言葉にいたく感じ入りまして。『人間はぶつかりあい、会話し、誤解をしながら、互いを変えてゆく』のですよね。であれば、この娘もまた、変わる可能性があるということ」

「そうだな。誰も彼も例外なく、変わる可能性はある」

「我ら猩々は、先を見越して投資を致します。この娘、既に巫としての素養があるのですから、多少鍛えなおせば使い物になるのではと見込んでいるのですよ」

「……ふむ」

豊玉姫は値踏みするように桜と鳴海を見ていたが、ややあってにっこりと微笑んだ。

「よかろう」

それで全てが決まった。

鳴海は破顔し、つかつかと桜のもとに歩み寄ると、その腕をつかんだ。桜は反射的にその腕を振り払おうとするが、びくともしない。

「何するのよ！　私は了承していないわ、猩々なんかに売られるなんてごめんよ！

まともな人間でなくなるということだもの！」

「おや、ならばご実家に尻尾を巻いてお帰りになりますか？　目的を達成できなかったあなたは、お母上にそれは惨《むご》い折檻を受けるでしょうねえ」

「っ……」

「まともな人間扱いをしていないのは、我らか、それとも血の繋がったお母上か。よくよくお考えになった方がよろしい」

「……」

「それに、あなたの巫としての才能は、正直言って頭打ちだ。その方面への成長の見込みはない、ならば別の道を探るのが賢い人間というものでしょう」

桜はしばらく口をぱくぱく開けて、何か言いたそうな顔をしていたが、ややあって疲れたように腕を落とした。

鳴海はすかさず桜の両肩をつかみ、部屋の外に押し出す。

「話は決まりましてございます。では皆々様、ごきげんよう」

「うむ。では我らも帰るとしよう」

豊玉姫は立ち上がると、甘い睡蓮の匂いを漂わせながら、侍女たちと共に作業部屋を後にした。

鬼灯はそれを見送り、肩の荷が下りたようにため息をついた。

終章　愛する幸せ

小夜と鬼灯は、台所の洋卓の上、肩を寄せ合うようにして何かを覗き込んでいる。

鬼灯の手元には金継ぎの道具があった。彼はそれで、真っ二つになった牡丹を修復していたのだ。

祈るように両手を組み合わせ、小夜は息を詰めながら作業を見守っていた。

「よし。これで元通りになったと思うが」

「名前を呼んでみますね」

火の神の神気が込められた金で継がれた木彫りの鳥に、小夜はそっと話しかける。

「牡丹。……牡丹、お願い、もう一度姿を現して」

懇願するような口調にもかかわらず、木彫りの鳥はぴくりともしない。小夜は足元から寒気が這い上がって来るような恐怖を感じた。

鬼灯は唇を引き結んで、じっと木彫りの鳥を見ている。

「牡丹。お願いよ、お願いだから……」

祈るような言葉に返答はなく、鬼灯が落胆に肩を落としかけた、その時。

「小夜様！」

泣き笑いのような声が小夜の後ろから響き、小夜は背中から抱きしめられた。慌てて立ち上がり、振り向いた先には、もう号泣している牡丹の姿があった。

「牡丹！」

「小夜様！　良かったです、もう、一時は誠にどうなることかと……！」

鬼灯は安堵のため息をつき、椅子の背もたれに背中を預ける。小夜は牡丹に両手を繋がれ、女学生のようにはしゃいでいた。

幾度となく脱線しながら牡丹が説明したところによると、どうやら彼女は、消滅する寸前だったらしい。

「私、鉄の神に切られたんですけれど、鉄の神の刃って、やっぱり武器に使われるだけあって、相手を打ち倒そうとする力が強いんですよね。相手の存在を否定する力、といいますか。物自体が無事でも、付喪神の魂には致命的だったりするんです」

「そうなの……。でもどうして無事だったの？」

「私の消えかけた魂を、あの白い壺が中で保護してくれていたんですよ」

台所の床の隅に置かれた、白い壺。小夜と鬼灯に、手が離れなくなる呪いをかけた壺は、壺の中の世界に牡丹をかくまっていたのだそうだ。

そのおかげで牡丹の魂は保たれ、器が修復された今、こうして再び人の姿を取ることができるようになったのだ。

しかも壺の中にいたことで、牡丹は桜の全てを見聞きしていた。

「あの桜って人ときたら、小夜様の真似をしていても、絶妙になりきれてなくって、すごくむずがゆかったです！」

「怒るところはそこなのか？」

「一緒に過ごしていた時間が長い分、声が下手に似ているのが、また耳に障るんですよね。まあ一番腹立たしかったのは、それにまんまと騙されている鬼灯様でしたが」

「それについては反論の余地がない」

うなだれる鬼灯を、牡丹は思う存分言葉で責め抜き倒した。それは大の男神が、「もう、その辺にしてくれないか。自分が惨めに思えてくる……」と半泣きになるほどで、小夜が途中で止めようとしてもなかなか止まらなかった。

そうして三人は久しぶりの食卓を囲んだ。日数で言えばそれほど離れてはいなかったはずなのだが、話したいことは尽きなかった。

それでも牡丹は気を利かせてくれたようで、早めに自室に引き上げた。

残された小夜と鬼灯は、お茶をゆったりとすすりながら、沈黙を楽しんでいる。

「そう言えば、鉄の神の花嫁になるところだった、と言っていたが……その、妙なことはされなかったか？」

「いいえ？　ああ、何度か打たれはしましたが」

「打たれただと!?」

怒りも露わに立ち上がった鬼灯は、そのまま鉄の神に殴り込みに行きかねない勢いだったので、小夜は慌てて鬼灯の袖をつかんだ。

「だ、大丈夫です！　石戸の家で、打たれるのには慣れていましたから！」

「慣れないでくれ、頼むから。……他には？　その、体に触れられたとか」

「なかったです。結婚式は明日の予定でしたから、少し危なかったですが」

「そうか」

心底安堵した様子で頬を緩めると、鬼灯はつと手を伸ばした。

分厚い、たこだらけの指が、小夜の頬を優しく撫でる。

「本当だ。右頬を打たれただろう、少し腫れている」

「でも、もう痛くはないのです……」

小夜は鬼灯の指に顔を委ねた。手のひらで優しく撫でられ、目を細める。

濁っていた鬼灯の瞳が、今は甘く潤んでいて、小夜はふっと口元を綻ばせた。これは桜にではなく、自分にのみ向けられた瞳なのだと、素直に信じることができた。

その笑みに許しを得、鬼灯が顔を近づける。触れる程度の口づけは、呼び水となって、二人を深く交わらせる。

熱い、と小夜は思った。鬼灯の指が触れる場所も、唇も、眼差しも、全てが火の神のそれだ。

体温を分け与えられているような心地がした。それを拒まず受け入れることで、徐々に体が開かれてゆく。

はふ、と口づけの合間に息継ぎをすると、切羽詰まった口調で囁かれる。

「好きだ」

鼓膜を通じて体中に響く音が、小夜の全身に火を灯す。

「好きだ、小夜。もう二度と間違えない。お前を悲しませてすまなかった……」

口づけの合間に、愛と謝罪を吹き込まれ、小夜の体はたちまち一杯になってしまう。

顔も耳も真っ赤だ。

「鉄の神がお前に触れているところを見なかったのは幸運だった。もし目の当たりにしていたら俺は嫉妬でどうにかなっていただろうな」

「それは私もです、鬼灯様。桜様と鬼灯様がこんなことをしていたら、私は……」

「私は？」

「……お、怒って、出て行っちゃいますからね」

小夜の精一杯の意地悪な言葉に、鬼灯は挑戦的な笑みを浮かべた。そんなのはご免だと呟いて鬼灯は、小夜の首筋に唇を寄せる。

「俺がこういうことをするのはお前だけだと、証明しよう」

そうして軽々と小夜を抱き上げ、台所の明かりを消すと、二階へ上がって行った。

＊

宵町では既に、耳の早い物の怪たちが噂を広めていた。

「鉄の神が火の神の花嫁を奪おうとしたが、返り討ちにあったらしい！」

囁き交わす彼らの目線が、吸い寄せられるように小夜たちに注がれる。

小夜は鬼灯と手を繋ぎながら、のんびりと店を冷やかしていた。鬼灯は詫びだと言ってしきりに物を買ってくれようとしたので、それを辞退するのに忙しかった。

そぞろ歩く彼らの耳に、宵町の住人たちの噂話が聞こえてくる。

「鬼灯様って呪われてたんでしょ？　二目と見られぬ醜い姿だったのに、今じゃあんなにお美しい！　お連れの人間も愛らしい姿をしているし、美男美女の取り合わせだね」

「一体何が起こったんだろう」

「豊玉姫様が鬼灯様に勾玉作製を依頼したらしいよ。天照大神様の信も厚いあの豊玉姫様が！　鬼灯様の勾玉は、それは美しく清らかな品だったそうだ」

「と言うことは——鬼灯様はもう呪われてないってことか？」

「分からんが、今あのお姿を見る限りでは、そうなるな」

小夜は何だか居たたまれなくなって、鬼灯の陰に隠れるようにして歩いた。すると鬼灯がわざと歩調を緩めて、小夜の姿が周りに見えるようにしてしまう。

その意地悪をなじるように見上げれば、鬼灯は嬉しそうに頬を緩めた。

「お前を見せびらかしたいんだ。分かるだろう」

「ちっとも分かりません。私のような貧弱な花嫁を見せびらかすなど」

「おや、やっと花嫁の自覚が出てきたな」

からかうように言われ、小夜ははにかんだ。

「自覚が出てきたというよりも、花嫁という立場に心が追い付いてきたのだと思います」

「ほう？　それはつまり？」

「……どうあっても言わせるおつもりですね。つまり——お慕い申し上げているということです。鬼灯様」

鬼灯は満面の笑みを浮かべた。そうすると鋭い美貌がふと和らいで、小夜も口元を緩めた。

「うんうん。宵町に来たのは、鉄の神を一発ぶん殴ってやろうと思ったからなんだが、今日は止めておくか」

「今日は？」

「当然だ。俺の花嫁をかどわかしておいて、無傷で済むはずないだろう」

意味ありげに片眉を上げた鬼灯は、小夜の手を強く握った。

「だがまあ、優先順位は低い。今日は牡丹のために茶と茶菓子を買って、それから水の神から受けている依頼のために、幾つか材料を仕入れなければならんからな」

「お忙しいのですね。私もお手伝い致します」

「ああ、頼む」

二人は仲睦まじく視線を交わすと、宵町の中心部へと歩いてゆくのだった。

―――本書のプロフィール―――

本書はウェブサイトに掲載した作品を、改稿・改題のうえ書籍化したものです。

小学館文庫

火《ひ》の神《かみ》さまの掃除人《そうじにん》ですが、いつの間《ま》にか花嫁《はなよめ》として溺愛《できあい》されています

著者　浅木伊都《あさぎいと》

二〇二二年十一月　九日　初版第一刷発行
二〇二四年九月二十四日　第四刷発行

発行人　庄野　樹
発行所　株式会社　小学館
〒一〇一-八〇〇一
東京都千代田区一ツ橋二-三-一
電話　編集〇三-三二三〇-五六一六
　　　販売〇三-五二八一-三五五五
印刷所――――中央精版印刷株式会社

ISBN978-4-09-407201-3